Dave und Neta Jackson

DER RÄUBER VON ASHLEY DOWNS

CLV

Dave und Neta Jackson sind als Ehepaar ein Team, das zahlreiche Bücher über Ehe und Familie, Kirche, Beziehungen und andere Themen geschrieben und mitgeschrieben hat. Zu ihren Büchern für Kinder zählen die »Abenteurer Gottes«-Serie und »Glaubenshelden«. Die Jacksons sind in Evanston, Illinois, zu Hause.

1. überarbeitete Auflage 2025

Previously published by Bethany House,
a division of Baker Publishing Group

Christliche Literatur-Verbreitung e.V.
Ravensberger Bleiche 6 · 33649 Bielefeld
www.clv.de

Bei Fragen zur Produktsicherheit erreichen Sie uns
über gpsr@clv.de oder auf dem Postweg.

Übersetzung: Herman Grabe
Satz und Umschlag: CLV
Umschlagillustration: Fionn Westermeier, Peffingen
Druck und Bindung: ARKA, Cieszyn, Polen

Artikel-Nr. 256571
ISBN 978-3-86699-571-0

INHALT

VORWORT

Georg Müller gründete in Bristol, im Westen Englands, eine Reihe von Waisenhäusern.

Er fing mit dreizehn Kindern an; aber weil er fest an Gottes Durchhilfe glaubte, wuchs diese Anstalt so sehr, dass Müller am Ende seines Lebens sagen konnte, mehr als 10000 Kinder versorgt zu haben. Und das alles, ohne Schulden zu machen, oder irgendjemand, außer Gott, um die nötigen Finanzen gebeten zu haben.

Die erfundene Figur Curly Roddy ist von einem wirklichen Jungen abgeleitet worden, William Ready, der aber kein Bandit war. Wir wissen, dass William um 1872 von James Walk, einem Londoner Stadtmissionar, nach Ashley Downs gebracht wurde.

Alle anderen Figuren sind erfunden, doch alles, was aus Ashley Downs über Gebet und Glauben berichtet wird, ist Tatsache.

FLUCHT AUS DEM TURM

Curly Roddy nannten ihn seine Kumpane auf Londons Straßen. In Deutschland hätten sie ihn dementsprechend »Krause Bohnenstange« genannt, weil er Locken hatte und ziemlich mager war. Und unter diesem Namen lernen wir ihn auch in dieser Geschichte kennen.

Also, dieser Curly Roddy riss die Tür zum Glockenturm der Georgskirche auf und schlich sich ins stockfinstere Treppenhaus. Der Küster würde ihn wohl nicht bemerkt haben – so hoffte er wenigstens. Er hielt den Atem an und lauschte, ob er Schritte hören konnte.

An diesem Morgen war das heimatlose Waisenkind Curly früh zur Kirche gelaufen, in der Hoffnung, als Taschendieb irgendwo Beute machen zu können. Curly war kein bösartiger Junge; er war nur hungrig und brauchte Geld, um etwas Essbares kaufen zu können. Zuerst hatte er sich in den überfüllten Vorraum gestellt und die Leute beobachtet, die Geld für ein Waisenhaus sammelten. Da bemerkte er eine Frau, die einen dünnen grauen Schal trug und ihre Geldbörse deutlich sichtbar an einer Schnur trug. Curly war sicher, diese durchschneiden zu können, ohne dass sie dies merkte. Er folgte ihr, indem er sich durch die Menge drängte. Keinesfalls durfte er sie aus den Augen verlieren.

Dabei hatte ihn der Küster beobachtet. Jungen aus gutem Zuhause waren nicht so schäbig angezogen und benahmen sich nicht so unmanierlich. Auf jeden Fall hätten sie in der Kirche die Mütze abgesetzt, wo doch gerade jetzt die große Orgel mit dem Vorspiel begann und alles zu andächtigem Schweigen bringen sollte. »He, Junge! Komm zurück!« Aber Curly hatte sich geduckt und lief in die Vorhalle zurück, um dem Alten aus den Augen zu kommen.

Jetzt, versteckt im Glockenturm, öffnete er vorsichtig die Tür einen Spalt weit und spähte in die Vorhalle. Er wusste nicht, ob der Küster ihn wirklich gesehen hatte oder jemand anderen gemeint hatte. Dann wäre Curly ganz umsonst fortgelaufen.

Aber nein, durch den Spalt konnte er den Küster sehen, der hierhin und dahin schaute. Der zwölfjährige Junge wollte gerade die Tür zuziehen, als er noch einmal nachdachte: »Was ist besser, dass sie mich fangen und der Polizei übergeben oder im Turm eingeschlossen zu werden?« Dazu muss man wissen, dass um 1872 die Glockentürme gewöhnlich nur sonntags zum Glockenläuten geöffnet wurden, es sei denn, jemand war in der Woche gestorben. »Dann würden die Glocken meinetwegen bimmeln, weil ich in einer Woche bestimmt verhungert bin«, dachte Curly.

Der alte Mann blickte nun, als habe er eine Ahnung, zur Glockenturm-Tür hin. Curly konnte sehen, wie sich ein boshaftes Grinsen auf seinem Gesicht breitmachte und er auf das Versteck des Jungen zuschritt, wobei er einen Ring mit klimpernden Schlüsseln aus seiner Jackentasche zog. »Ja, ja, es sieht aus, als wenn die Tür noch nicht abgeschlossen ist«, murmelte er. Curly zog sich weiter in die Dunkelheit zurück, weil er sicher war, der alte Küster würde die Tür aufreißen und ihn fangen wollen.

Stattdessen schob der die Tür leise zu und sagte: »Wenn du darin steckst, kleiner Gauner, dann wird dich dies eine Weile davon abhalten, anderer Leute Taschen auszurauben.« Der Bolzen knackte laut, als er abschloss. Die scheppernden Schlüssel wurden aus der Tür gezogen. Dann hörte man nur noch die Schritte des Küsters auf dem Steinfußboden, als er die Halle entlangging.

Curly hatte sich gedacht, unaufmerksame Kirchgänger seien leichter zu bestehlen als wachsame Käufer auf dem Markt; aber mit einem Problem wie diesem hatte er nicht gerechnet. Er stand ganz still da und versuchte mit den Augen die Finsternis zu durchdringen; aber nicht einmal von dem Spalt unter der Tür kam der geringste Lichtschimmer. »Wie kann ein Ort nur so dunkel sein?«, wunderte er sich. Er tastete sich vorwärts und fand den Türgriff; aber das half nichts, die Tür war wirklich zu.

Curly packte panische Angst, und er hämmerte gegen die Tür. »Hilfe! Hilfe!«, schrie er; aber niemand antwortete. Nach einiger Zeit hörte er mit dem Rufen auf. Er atmete schwer. Alles war umsonst. Es muss hier doch einen Ausweg geben. In der unheimlichen Stille vernahm er die dröhnenden Töne der großen Orgel. Der Gottesdienst hatte begonnen, und die Leute sangen. Da war es kein Wunder, dass ihn niemand hören konnte. »Wenn ich geduldig warte, kann ich vielleicht nach dem Gottesdienst jemand auf mich aufmerksam machen.«

Während er so dastand und nicht wusste, was er tun konnte, erinnerte ihn das quälende Hungergefühl daran, dass er seit gestern nichts gegessen hatte. Er fragte sich, ob Spuds Baxter, der alte Klein-Kriminelle, bei dem er Unterschlupf gefunden hatte, ihn befreien würde. »Ich glaube kaum«, meinte er schließlich, »er würde mich nicht einmal vermissen, wenn ich nicht für ihn Späherdienste leisten soll.«

Schließlich entschloss sich Curly, ein wenig auf Erkundungsreise zu gehen. Vielleicht gab es ja einen anderen Ausweg aus dem Turm. Es konnte eventuell weiter oben eine Tür zu der Empore an der Rückseite der Kirche führen. Vorsichtig tastete er sich durch den kleinen Raum, bis seine Füße an eine hölzerne Treppenstufe stießen. Er streckte die Hand aus, um sich an der Wand abzustützen. Dann begann er den Aufstieg; dabei zählte er die Stufen.

Alle zwölf Stufen wendete sich die Treppe mit der Wand. Dann ging es wieder zwölf Stufen hinauf. Nachdem das viermal geschehen war, wusste Curly, dass er innerhalb des Turmes eine ganze Drehung gemacht hatte und etwa in Höhe der Empore sein musste; aber er fand keine Tür. Konnte sie noch höher sein? Eilig stieg er weiter; aber in seiner Hast rammte er plötzlich seinen Kopf gegen die Balken der Decke. Er sah Sterne in der Finsternis und ließ sich auf eine Treppenstufe fallen, um sich zu erholen.

Er mochte gar nicht daran denken, wie hoch er war, auch konnte er nicht sagen, ob die Treppe an der Innenseite ein Geländer hatte, oder ob man dort ungeschützt in die Tiefe fallen konnte. Er vermochte kaum in der Dunkelheit das Gleichgewicht zu halten, wenn er die Wand losließ. Dann befühlte er die Wand genauer. »Ich muss die Tür verpasst haben«, dachte er.

»Warum sollten sie eine Treppe gebaut haben, die nur an die Decke führt?«

Curly fühlte an der Decke entlang, bis er etwas wie eine große Falltür über sich entdeckte. Er drückte; aber sie rührte sich nicht von der Stelle. Er drehte sich um, ging rückwärts noch einige Stufen hinauf, bis er seinen Kopf einziehen musste. Dann drückte er mit den Schultern gegen die Falltür. Mit dem Rücken und aller Kraft seiner Beine erreichte er endlich, dass sich die Falltür mit lautem Knarren und Quietschen langsam öffnete.

Der Junge kletterte in einen düsteren Raum, der einem Kerker glich. Licht kam von den Schalllöchern, durch die der Glockenklang über die Häuser von London drang. Riesige Glocken hingen wie offene Mäler über ihm, viel größer als Curly sie sich vorgestellt hatte. Und von jeder Glocke hing ein langes Seil herab, dessen unteres Ende auf einen Holzpfahl in der Wand gewickelt war.

Curly blickte umher. An einer Wand führte eine Leiter nach oben. »Da muss man hinauf, wenn man an den Glocken etwas zu reparieren hat«, dachte er. Nebeneinander hingen an Hölzern sauber aufgereiht noch weitere dicke und dünne Seile.

Plötzlich kam Curly ein Gedanke: Hätte ich ein Seil, das lang genug ist, könnte ich die Leiter ersteigen und mich dann aus dem Kirchturmfenster abseilen. Er nahm kurz die Mütze ab und schob sein krauses Haar – das ihm den Namen gegeben hatte – aus der verschwitzten Stirn. Er war ein guter Akrobat und hatte schon oft etwas Geld in Gastwirtschaften verdient, wenn er dort seine Kunststücke vorgemacht hatte; trotzdem schien ihm die Idee, sich außen am Turm wie eine Spinne am Faden abzuseilen, ziemlich unmöglich. Aber welche andere Chance hatte er? Entweder er versuchte es, oder er war gefangen, wenn der Küster die Tür öffnete – oder er starb vor Hunger und Durst.

Er wählte eine dicke Rolle eines dünnen Seiles aus, schob Kopf und Arm hindurch und begann mit dem Aufstieg. Halb oben zog Curly an einer Sprosse, die plötzlich brach. Der Ruck hätte ihn fast von der Leiter geworfen. Er klammerte sich an die Leiterholmen. Nachdem er Halt und Gleichgewicht wieder erlangt hatte, blickte er hinab, wo die zerbrochene Sprosse gerade aufschlug. Da hätte er jetzt auch liegen können, hätte er sich mit der anderen Hand nicht so festgehalten. Curlys Beine zitterten, und er hatte kaum Kraft, sich über die fehlende Sprosse hinwegzuziehen. Von da an prüfte er erst jede Sprosse sorgfältig, bevor er ihr sein volles Gewicht anvertraute.

Als er schließlich oben ankam, entstand ein schreckliches Getöse über Curlys Kopf. Sieben Tauben flogen von einem Balken auf und zum Schallloch hinaus. Der Schreck ließ das Herz des Jungen rasen. »Warum habe ich mich auf all das eingelassen?«, fragte er sich, als er sich auf den gewaltigen Balken geschwungen hatte, der eine der Glocken trug. Jetzt konnte er weit über London hinsehen.

Jahrelanger Kohlenrauch hatte die Glocken pechschwarz gemacht. Draußen hingen dunkle Wolken – fast genauso schwarz – so niedrig über ihm, dass er meinte, sie berühren zu können. Er kletterte zur Vorderseite des Turmes und blickte auf die vielen Leute unten auf der Bloomsburystraße, so etwa 30 Meter unter ihm. Curly wurde schwindlig; er meinte fast, aufgeben zu müssen. Außerdem würde man ihn an der Vorderfront sehen können.

Am besten wäre es, an der Nordostseite den Abstieg zu versuchen, und sich auf das Kirchendach hinabzulassen, das wohl sechs Meter tiefer war, wie Curly meinte.

Der Kirchturm war von Steinsäulen umgeben, die auch teilweise die Schalllöcher verdeckten. Sie waren kleinere Abbilder der riesigen Säulen am Portal, durch die die Kirche wie ein griechischer Tempel wirkte. Curly band das Seil an eine der kleinen Säulen draußen vor dem Schallloch an der Nordostseite und warf das Seil auf das Kirchendach. Vorsichtig kletterte er auf den Fenstersims zwischen zwei Säulen. Dann drehte er sich und lag auf seinem Bauch, während die Füße nach draußen hingen und an einer schmalen Leiste Halt fanden.

Als er das Gleichgewicht gewonnen hatte, ergriff er das Seil und arbeitete sich nach unten. Nach etwa zwei Metern erreichte er eine weitere Leiste und legte eine Pause ein. Er blickte auf das Kirchendach und überlegte, wie er wohl von dort auf den Erdboden kommen könnte.

Plötzlich begriff er, dass es gar keinen Weg nach unten gibt, wenn er nicht ein langes Seil hatte, und das, das er gerade benutzte, war oben fest an die Säule gebunden.

Eine feuchte Brise ließ Curly erschauern, trotzdem versuchte er ruhig nachzudenken. Jetzt begann es auch noch langsam zu regnen. »Ich muss zurück, um ein zweites Seil zu holen. Anders geht es nicht«, dachte er. Aber seine Arme waren so müde, dass er es fast nicht fertig brachte. Als er dann endlich doch den Fenstersims wieder erreicht hatte und dabei war, zurückzusteigen, fiel ihm eine andere Lösung ein.

Der Regen wurde heftiger, während er das Seil von der glatten, runden Säule löste und es sich unter den Armen um den Leib band. Dann schlang er das andere Ende um die Säule, als sei sie eine Rolle. So seilte er sich langsam ab; Zentimeter für Zentimeter, Meter für Meter ging es an der Turmwand entlang nach unten.

Als der Junge das Dach erreicht hatte, ließ er das freie Ende des Seils los und zog es um die Säule. Als es im Knäuel neben ihm lag, war er auf sich selbst stolz, hatte er doch jetzt ein Seil, um sich vom Dach auf den Erdboden herablassen zu können.

Er wandte sich und ging zum hinteren Ende der Kirche hinüber. Dabei hielt er nach der besten Abstiegsmöglichkeit Ausschau. Das Dach war nicht steil; aber der Ruß darauf war durch den Regen glitschig geworden. Das merkte er aber erst, als er ausrutschte und zu gleiten begann.

Er warf sich sofort auf den Bauch und suchte krampfhaft nach einem Halt. Je näher er der Dachkante kam, um so klarer wurde ihm, dass ein Fall aus fünfzehn Metern Höhe den sicheren Tod bedeuten würde. Seine Fingernägel versuchten sich an den Dachschindeln festzukrallen, bis die Finger bluteten.

Dann, o Schreck, rutschten seine Füße über die Kante. Einen Augenblick fand ein Zeh in der Dachrinne Halt, doch gleich glitt er wieder ab. Der andere Fuß kam nicht einmal an die Rinne. So hingen seine Füße und Beine schon über dem Abgrund, als er einen schmerzhaften Ruck verspürte, der durch seinen ganzen Körper ging.

Das Seil war noch um seinen Leib gewunden, und das andere Ende hatte sich zwischen zwei Steinen an der Kirchturmecke verkeilt. Das hatte ihm das Leben gerettet.

Vorsichtig zog Curly sich auf das Dach zurück. Er lag ganz still da. Dort, am Dachrand, konnte er nun seine Zehen fest in die Regenrinne setzen; dabei wagte er sich kaum zu bewegen, geschweige denn hinab zu sehen.

Wie lange er dort gelegen hatte, wusste er nicht; aber endlich begriff er, dass er etwas unternehmen musste. Er blickte in beide Richtungen, dabei entdeckte er ein Leitungsrohr, das nahe der Kirchenrückwand ein wenig über die Dachkante reichte. Wenn ich bis dahin komme, so dachte er, und mein Seil an dem Rohr festmache, könnte ich mich vielleicht abseilen.

Immer wieder schlenkerte er das Seil auf und ab, bis es von den Steinen freikam, zwischen denen es sich verkeilt hatte. Dann kroch er wie ein Krebs vorsichtig an der Dachkante entlang. Den einen Fuß streckte er aus und setzte ihn fest in die Rinne, dann zog er den anderen Fuß nach. Es ging langsam; aber er kam voran. Endlich erreichte er das Rohr – der Regen hatte aufgehört.

Curly hatte schnell das Seil am Rohr befestigt, dann ließ er das andere Ende fallen. Gut; es reichte bis auf den Erdboden. Aber während er das beobachtete, merkte er, wie ihm schwindlig wurde. Besser, ich gucke nicht mehr nach unten, dachte er.

Es kostete seinen ganzen Mut, über die Dachkante zu klettern und sich an der Kirchenwand hinabzulassen. Sooft er eine Fensterbank oder eine Leiste fand, die seinen Füßen genug Halt bot, machte er eine Pause, wobei er sorgfältig vermied, nach unten zu schauen.

Seine Füße erreichten den feuchten Grund gerade in dem Augenblick, als die Orgel den Schlussgesang des Gottesdienstes zu spielen begann. Er sank auf die Erde und lehnte sich an die Kirchenmauer. Seine Beine waren zu schwach sich zu bewegen.

Die Aufregungen dieser Flucht hätten für ein Durchschnittskind voll ausgereicht; aber Curly war kein Durchschnittskind. Seit sechs Jahren lebte er auf der Straße. Er hatte vieles erlebt, was unsereins in Angst und Schrecken versetzt hätte. Um überleben zu können, musste er beweglich bleiben, und auch jetzt erinnerte ihn sein Magen daran, dass er ganz leer war. Noch etwas zittrig kam er schließlich auf die Beine. Auch versuchte er, etwas von der schwarzen Schmiere von seiner Kleidung zu kratzen. Dann zog er seine Mütze tief ins Gesicht und ging zur Vorderseite der Kirche.

Wenn die Frau mit dem grauen Schal herauskommt und ihre Tasche noch so trägt wie vorhin, dachte er, kriege ich doch noch etwas Geld für ein Frühstück.

Er wartete auf der anderen Straßenseite, als die Leute aus der Kirche kamen, und tatsächlich, die Frau mit dem grauen Schal war auch dabei, nur hatte sie jetzt ein kleineres Mädchen bei sich. Egal, dachte Curly. Ich krieg die Tasche doch! Er hielt sich dicht hinter den beiden, aber nicht so nahe, dass er deren Aufmerksamkeit auf sich zog. Er folgte ihnen den ganzen Bloomsberryweg entlang, bis sich die Gottesdienstbesucher zerstreut hatten. Dann war er dicht bei ihnen, bereit, »das Ding zu drehen«.

Da bemerkte er, dass die Frau geflickte Sachen trug. Sie war also keine reiche Dame, und ihre Begleiterin war ähnlich ärmlich angezogen. Das Mädchen schien zehn Jahre alt zu sein – genauso alt wie Curlys jüngste Schwester. Als es sich ein wenig umdrehte, weil es etwas zu der Frau sagte, bekam Curly einen Schreck. »Unmöglich! Die sieht ja aus wie meine Schwester!«, dachte er. Allerdings hatte er seine Schwester seit sechs Jahren nicht mehr gesehen; aber dies Mädchen hatte die gleichen blonden Locken und dieselbe kleine Stupsnase und auch braune Augen. Es gibt nicht viele Mädchen mit blonden Haaren und braunen Augen, dachte Curly. Sein Herz schlug eigenartig heftig. Die meisten mit blonden Haaren haben blaue Augen. Könnte das … könnte das meine Schwester sein?

Er ließ sich zurückfallen, doch blieb er ihnen auf den Fersen, auch als sie schließlich in eine schmale Gasse einbogen.

EINE GUTE GELEGENHEIT

Curly folgte der Frau mit dem grauen Schal noch drei Straßen weiter, bis die Häuser immer kleiner und armseliger wurden. Dann konnte er gerade noch hören, wie das Mädchen fragte: »Mama, wann kommt Papa von der Seereise zurück?«

»Zu Weihnachten, so Gott will«, antwortete die Frau, wobei sie das Kind sanft in den Arm nahm.

Na ja, das war's also. Das Mädchen konnte nicht Curlys Schwester sein. Seine Eltern waren beide tot und hatten ihn und seine neun Schwestern und Brüder als Waisen zurückgelassen. Curly trauerte seinem Vater nicht nach. Er war ein gemeiner Trinker gewesen, der seine Kinder und sogar seine Frau schlug. Als aber seine Mutter starb, war es Curly, als hätte man ihm das Herz herausgeschnitten.

Widerwillig hatten Nachbarn die kleineren Kinder aufgenommen, die älteren schickte man in Arbeitshäuser, wo man sie zwang, zwölf bis fünfzehn Stunden am Tag zu schuften. Das Letzte, was Curly gehört hatte, war, dass alle aus den Arbeitshäusern entflohen waren. Die jüngeren Geschwister waren so oft umhergestoßen worden, dass Curly nicht wusste, wo sie jetzt waren. Die Schlachtersfrau hatte Curly zu sich genommen; aber der Schlachter war so niederträchtig wie sein Vater und schlug ihn fast täglich. So lief er fort nach London, wo er seitdem auf der Straße lebte.

Manchmal schlief er in großen Mülleimern, manchmal drang er in einen Stall ein und versteckte sich im warmen Heu; aber seit kurzem hatte er in einem Lagerhaus einen Platz gefunden, wo Spuds Baxter, ein Kleinkrimineller, als Wachmann angestellt war.

Curly blieb stehen und sah zu, wie die Frau mit dem kleinen Mädchen weiterging. Wenn sie einen Vater und eine Mutter hatte, konnte sie nicht seine Schwester sein. Trotzdem, sie erinnerte ihn ganz stark an seine Schwester, und arm war die Familie offensichtlich auch. Obwohl sein Hunger ihn immer grausamer plagte, wollte er der Frau nun doch nicht die Tasche wegnehmen.

Weil ihm nichts anderes einfiel, ging er zum Lagerhaus zurück, doch eine besondere Kneipe zog seine Aufmerksamkeit auf sich. Das Wirtshausschild über der Tür zeigte einen Mann, der einen Bogen spannte. Außerdem standen noch einige Worte darunter, die

Curly nicht lesen konnte. Musik und Gelächter drangen nach außen und zogen Curly förmlich hinein. Vielleicht konnte er hier einen Penny verdienen.

»Hallo, mein Herr«, sagte er zu einem Mann, der neben einer jungen Frau an einem Tisch saß, »soll ich Ihnen ein Kunststück vormachen?«

»Hau bloß ab, Kerl!«, schnauzte der Mann. »Du bist ja von unten bis oben ganz dreckig.«

Curly machte einen eleganten Salto rückwärts und verneigte sich dann. Er wusste: Auch wenn jemand erst nichts davon wissen wollte, konnte man mit einem schnellen Akrobatenstück doch noch Interesse erwecken. Und wenn eine hübsche Frau zugegen war – jungen Frauen kann man immer damit imponieren – dann wollten die Männer meist nicht als Geizhälse dastehen.

»Allerhand!«, sagte die Frau und lächelte Curly an.

»Gar nicht so schlecht, Junge«, brummte der Mann. »Wette, du kannst drei hintereinander.«

»Für einen Penny will ich's versuchen.« Obwohl er das leicht fertig brachte, zierte Curly sich. Er wusste, wenn man zu schnell bereit war, gaben die Leute erst etwas, wenn man das Letzte aus sich herausgeholt hatte.

»Einen halben Penny; aber nur, wenn du es auch machst.«

Curly machte die drei Saltos, und die Frau sprang auf und applaudierte. »Bleib weg da!«, befahl der

Mann, als Curly die Hand ausstreckte, »Du machst die Dame ganz schmutzig.« Er angelte eine Münze aus seiner Tasche und ließ sie in Curlys Hand fallen. Gerade wollte Curly ansetzen, um auf den Händen durch den Raum zu laufen, als ihn jemand von hinten packte und herumwirbelte.

Zack!

Eine Faust traf Curlys Kopf, dass der Schmerz durchs ganze Gesicht zuckte. Jemand hatte ihn auf die Nase geboxt; und die Tränen schossen ihm so schnell in die Augen, dass er gar nicht sehen konnte, wer ihn geschlagen hatte.

»Hier macht nur einer was vor, nachdem er mit mir gekämpft hat«, sagte eine drohende Stimme. Curly blinzelte und sah einen Jungen, einen Kopf größer als er in Boxerhaltung vor sich stehen. »So nimm deine Fäuste hoch oder verschwinde!«, zischte der Herausforderer.

Curly sah ein, dass er keine Chance hatte, ging rückwärts bis zur Tür und rannte dann die Straße hinab.

Die kleine Münze hielt er immer noch in der Hand. Dafür kaufte er eine kleine Semmel und ein Stück Kuchen für den größten Hunger. Aber das Essen gab ihm keinen Trost für seine traurigen Gedanken. Er wanderte zurück zum Lagerhaus. Alles ging heute schief.

Spuds Baxter schrie schon von weitem, als er ins Lagerhaus kam: »Wo steckst du den ganzen Tag? Ich brauchte jemand zum Aufpassen, weil ich heute morgen Kundschaft hatte.«

Spuds »Kunden« waren Diebe wie er selbst. Der Lagerhausbesitzer hatte Spuds angestellt, dort zu wohnen, um Diebe abzuhalten, etwas von den Waren zu stehlen. »Ich bin ein guter Wachmann«, hatte sich Spuds einmal Curly gegenüber gerühmt. »Bin schon drei Jahre hier, und noch nie hat einer eingebrochen und eine Wagenladung voll geklaut.«

Das stimmte auch; aber Spuds stahl nur kleinere Mengen und verkaufte sie an seine Kunden, die sie wieder auf dem schwarzen Markt absetzten. Curlys Aufgabe war es, aufzupassen, ob keiner der Kaufleute, die ihre Waren dort rechtmäßig stapelten, anwesend war, wenn Spuds seine Schwarzmarktkunden bediente.

»Wenn ich nicht zu viel nehme«, erklärte Spuds stolz, »merkt das keiner. Irgendwas geht immer verloren auf dem Transport und auf den Schiffen, und keiner käm auf die Idee, nachzuwiegen, wenn ein, zwei Pfund aus manchen Säcken fehlen.«

Jetzt wurde Spuds ärgerlich als er Curly von unten bis oben ansah. »Was hast du denn gemacht?«, schimpfte er. Spuds hatte seinen Spitznamen wegen seines groben, pockennarbigen Gesichts erhalten und wegen der dicken Knollennase. Alles zusammen sah aus wie eine große, rote Kartoffelknolle. (In Deutschland hätte man ihn »Knolli« genannt.) »Ich dachte, du hättest vergangene Nacht hier geschlafen; aber du siehst aus, als hättest du in einem Kohleneimer übernachtet. Geh bloß nach draußen, und komm nicht eher wieder rein, bis du dich sauber gemacht hast. Du fällst zu doll auf, wenn du so dreckig bist.«

Der schlammige Ruß vom Kirchendach war soweit abgetrocknet, dass Curly das meiste davon mit einer alten Pferdebürste abreiben konnte. Dann zog er auch noch das Hemd aus, nahm ein zerbrochenes Stück Seife und wusch sich sorgfältig in einem Regenfass hinter dem Lagerhaus. Als er fertig war, konnte man tatsächlich schon wieder die hellen Spitzen seiner sonst blonden Locken erkennen.

Nass und vor Kälte zitternd zog er sein Hemd und seine lange Jacke wieder an. Nun fiel dem Jungen plötzlich wieder ein, was er Spuds eigentlich erzählen wollte. Über all der Aufregung mit dem Eingesperrtsein im Glockenturm, und dass er fast vom Dach gefallen war, hatte er ganz vergessen, was er gesehen hatte, als er anfangs in die Kirche kam … noch bevor er die Frau mit dem grauen Schal traf.

»Hey, Spuds«, rief er gleich, als er ins Lagerhaus zurückkam. »Ich hab eine Idee!«

»Bleib auf'm Teppich«, meinte Spuds nur, der gemütlich neben dem Ofen seine Pfeife rauchte. »Na, welche Idee haste denn?«

»Als ich heute Morgen in der Kirche war ...«

»In der Kirche?« Spuds bog sich vor Lachen. »Was wolltest du denn in der Kirche?«

»Du weißt doch, dass ich in die Kirche gehe, weil es dort gute Gelegenheit gibt, irgendetwas zu ergattern. Egal, als ich reinging, standen da zwei Leute, die im Vorraum Geld sammelten. Ich hielt mich in der Nähe, weil ich dachte, es könnte dabei etwas auf den Boden fallen.«

»Du hast wohl eher nachgesehen, wo die Leute ihre Geldbörsen hinsteckten, um sie stehlen zu können«, grinste Spuds.

»So? Na und?« Curly zuckte die Achseln. »Egal, ich hatte plötzlich einen Gedanken: Sie versuchten dreitausend Pfund Bargeld für ein Waisenhaus zu sammeln – in Bristol glaube ich. Was wäre ... Was wäre, wenn wir nun den Geldtransport überfallen würden?«

Rauchwolken stiegen aus Spuds' Pfeife. »Was wäre, wenn ... Wie bitte? Weißt du, was du da redest, Junge?«

»Klar, ich rede von dreitausend Pfund. Das ist mehr Geld als du und ich unser ganzes Leben lang zu sehen bekommen.«

»Und wie sollen wir etwa da rankommen?«

»Ist doch einfach. Wie die Straßenräuber.«

»Straßenräuber? Bist du verrückt, Bengel? Banditen enden unter Gewehrkugeln oder im Kerker, oder sie werden aufgehängt. Ne, ne, nicht mit mir. Das ist zu gefährlich!«

Spuds saß da, zog mächtig an seiner Pfeife und starrte in die Ofenglut. Seine Neugier war offensichtlich erweckt. Er wurde ganz aufgeregt. Schließlich sagte er: »Na, und wann wollen sie das Geld abliefern?«

»Weiß nicht«, sagte Curly. »Aber ich hörte jemand, der sagte, sie wollten nächsten Sonntag in der Georgskirche ein großes Fest feiern und das Geld segnen.«

Spuds rauchte schweigend. »Nur ein Dummkopf würde so viel Geld auf diese Weise nach Bristol bringen«, sagte er mit Entschiedenheit, stand auf und klopfte die Asche aus der Pfeife in seine Hand. »So viel Geld schickt man nur mit einer Banküberweisung.«

»Vielleicht könnten wir ja das Geld rauben, solange es noch in der Kirche ist«, meinte Curly hoffnungsvoll. Dreitausend Pfund waren eine Menge Geld, und er wollte noch nicht so einfach aufgeben.

»Hör zu! Raub ist was anderes als Diebstahl. Die haben sicher bewaffnete Begleiter. Und nebenbei, ich klau mal hier ein bisschen oder da, um mein Leben zu fristen; aber ich bin kein Schwerverbrecher. Da hab ich auch meinen Stolz.«

»Du hast doch eine Waffe«, fing Curly wieder an.

»Was? ... Woher weißt du das?«

»Ich hab gesehen, wie du sie mal geputzt hast«, sagte Curly so gleichgültig wie möglich. Was er tatsächlich gesehen hatte, war, dass Spuds einen großen losen Stein aus der Mauer hinter seiner Schlafkoje entfernt hatte. Aus der Höhle dahinter hatte der Alte eine Pistole und eine kleine Büchse mit Geld genommen. Die Büchse hatte er wieder zurückgestellt und den Stein eingesetzt. Dann hatte er sich darangemacht, die Waffe zu reinigen. Aber Curly wagte ihm nicht zu verraten, dass er Spuds Versteck kannte, der würde sicher sehr wütend werden.

»Na ja, die ist nur zum Schutz«, murmelte Spuds nervös. »Ein Mann braucht manchmal Schutz, verstehst du? Aber ich habe niemals jemand damit ausgeräubert.«

Am nächsten Sonntag ging Curly wieder in die Georgskirche. Er wusste nicht genau, ob er das Mädchen wiedersehen wollte, das wie seine Schwester aussah, oder ob er auf Taschendiebstahl aus war, oder ob er mehr über das Waisenhausgeld heraus bekommen wollte. Vielleicht alles zusammen. Aber als er hinkam, stand niemand mehr in der Eingangshalle zum Spendensammeln für die Waisen wie letzten Sonntag. »Vielleicht hatte Spuds doch Recht«, dachte Curly. »Es gab wohl doch keinen Weg, an diese besondere Kollekte in der Kirche heranzukommen.«

Er fühlte sich elend. Die ganze Woche hatte er von dem Geld geträumt. Wenn die Leute es so eilig hatten, für Waisen zu sammeln, dann hatte er doch wohl auch ein bisschen Anrecht darauf. War er nicht ein Waisenkind? War er nicht darum gezwungen, ein so erbärmliches Leben zu führen?

Curly drückte sich in eine Kirchenbank, wobei er den Küster im Auge behielt; doch der schien keine Notiz von ihm zu nehmen.

Der Junge saß ganz still da, als die Klänge der großen Orgel die riesige Kirche erfüllten und die Stimmen der Leute übertönte. Nach dem Gesang stand ein Mann auf. Curly erkannte in ihm einen von den Leuten, die letzte Woche das Geld eingesammelt hatten. »Ich freue mich, euch mitteilen zu können, dass wir unser Ziel erreicht haben: 3000 Pfund für Georg Müllers Waisenhaus!«, verkündete er. »Mr. Walk, ich möchte Sie bitten nach vorne zu kommen, damit Sie jeder gut sehen kann.«

Curly starrte den großen Mann an, der mit leicht hängenden Schultern nach vorn ging und eine schwarze Tasche trug. »Dies ist James Walk«, begann der Erste wieder, »Vorsitzender unseres Wohltätigkeitskommitees. Sobald es am Dienstagmorgen hell wird, wird er direkt von den Stufen unserer Kirche aus in eine Kutsche steigen und unseren Beitrag nach Bristol bringen.

Leute, es ist alles bestens in Ordnung. Mach dies mal auf, James«, sagte er und zeigte auf eine kleine Tasche, die er ihm dann reichte. Walk öffnete sie und der Sprecher griff hinein. In seiner Hand hielt dann einige Bündel Geldscheine in die Höhe. Mit der anderen schwenkte er einen kleinen Beutel, der ziemlich schwer zu sein schien. Selbst ganz hinten in der Kirche konnte Curly das Klingeln von Silber- und Goldmünzen hören.

»Lasst uns nun um Gottes Segen für Mr. Walks Reise beten und dass dies Geld tatsächlich den Waisenkindern Segen bringt!« Dann begann er ein langes Gebet. Aber das langweilte Curly nicht. Der dachte nur immer an das Geld: »Nie mehr Taschendiebereien, nie mehr Kunststücke in den Kneipen ...«

Einige Stunden später, als Curly Spuds erzählte, was er in der Georgskirche erfahren hatte, hörte Spuds aufmerksamer zu. »Also, wann sagten sie, würde Walk losfahren?«, fragte er noch einmal, und Curly wiederholte alles. »Nach Bristol geht's?« Curly nickte.

»Hm, um diese Jahreszeit gibt's nur eine brauchbare Straße nach Bristol«, meinte Spuds und zog an seiner Pfeife. »Und ich kenn auch eine Stelle, nicht allzu weit von hier, wo wir die Kutsche anhalten könnten.«

Curlys Herz schlug schneller. Wollte Spuds am Ende doch über einen Raubzug nachdenken? Aber sagen tat er nichts; er beobachtete nur den doch schon etwas älteren Mann, wie er so auf- und abging, die Stirn runzelte und große Rauchwolken ausstieß. Der Junge war viel zu klug, als dass er Spuds Gedanken unterbrochen hätte.

»Das ist doch nicht etwa die öffentliche Postkutsche?«, fragte Spuds. »Das glaube ich nicht«, antwortete Curly. »Die Öffentliche hält doch nicht vor der Kirchentür.«

»Fährt noch jemand mit?«

»Nein, nur Mr. Walk.«

»Hm, das bedeutet, Walk, ein Kutscher und vielleicht noch ein Begleiter zum Schutz – drei. Ich kann wohl auch drei Leute zusammenkriegen, wenn Jake und Shorty mitmachen.«

»Und ich«, warf Curly ein.

»Ne, ne, mein Lieber«, sagte Spuds und spukte in eine Ecke. »Nie im Leben würde ich ein Kind zu sowas mitnehmen.«

»Aber ... ich hab dich doch darauf gebracht!«, protestierte Curly. »Mir gehört ein Teil von der Beute.«

»Beruhige dich. Wir beziehen dich mit ein, da mach dir man keine Sorgen. Aber ich will keinen Straßenräuber aus dir machen.«

»Aber du musst mich mitnehmen! Ich ... ich ...« Curly suchte verzweifelt nach einem überzeugenden Grund. »Ich bin der Einzige, der weiß, wie Mr. Walk aussieht«, stieß er schließlich hervor. »Was wäre, wenn ihr den Falschen ausraubt?«

Spuds stand auf und ging durch die Tür in den hinteren Teil des Lagerhauses. »Du kannst ihn mir ja beschreiben. Es können ja nicht allzu viele Kutschen sein, die so früh am Morgen auf der Straße nach Bristol fahren. Wie sieht der Kerl aus?«

»Hör zu, Spuds«, bettelte Curly. »Nimm mich mit! Das musst du!«

»Schluss damit! Wie sieht er aus?«

Der Junge schwieg zunächst ärgerlich, schließlich sagte er: »Er ist groß ... dünn ... hat schwarzes Haar.«

»Wie alt ist er?«

»Weiß nicht, nicht alt.«

»Liebe Zeit. Diese Beschreibung passt auf ein Viertel aller Londoner. Weißt du nichts Genaueres?«

»Ich kann wohl, wenn du mich mitnimmst. Ich werde ihn erkennen, wenn ich ihn sehe – kein Zweifel.«

Spuds blickte sich den Jungen lange an. Schließlich machte sich ein Grinsen auf seinem pockennarbigen Gesicht breit. »Okay. Ich will hören, was Jake und Shorty dazu meinen.«

STRASSENRAUB

»Wenn du nicht mithalten kannst, mach bloß, dass du nach London zurückkommst!«, schnauzte Spuds, als Curly auf dem Eis ausrutschte.

Aber Curly konnte mithalten. Er lief sogar schneller als Shorty, als die vier Banditen auf der Straße von London nach Bristol entlangzockelten, mitten in der Nacht. »Es muss am Wetter liegen, dass ich so aufgeregt bin«, dachte Curly.

Denn das Wetter hatte sich verschlechtert. Erst hatte es gestürmt und dabei fiel gefrierender Regen, der an den Bäumen und Büschen als Eis hängen blieb. Dann, als der Wind sich beruhigt hatte, begann es leicht zu schneien. Es war so dunkel, dass Curly die Schneeflocken gar nicht sehen konnte; aber er merkte sie, wenn sie ihn an der Nase oder an den Augenbrauen kitzelten, und bald überzog sich das ganze Land mit einer weißen Decke.

Während sie auf der ungepflasterten Straße dahintrotteten, wurde ihr Weg immer tückischer. Die erhöhten Ränder der Wagenspuren waren bereits gefroren und mit einer dünnen Schicht aus Eis und Schnee überzogen, während die tiefen Stellen noch weich waren. Oft blieben ihre Schuhe in dem Schlamm stecken. Mehr als einmal rutschte einer von ihnen aus und verlor das Gleichgewicht.

Eben war Jake an der Reihe. Das Dreckwasser aus der Rinne spritzte hoch auf. Er war wütend: Er tobte: »Das ganze Gesicht voll Dreck!« Und dann fing er an zu jammern: »Das wird doch nichts. Im Dunkeln kann man niemand überfallen. Warum wollen wir nicht warten, bis es hell wird?«

»Soll uns etwa ein Bauer sehen, wie wir hier marschieren?«, schnauzte Spuds. »Ich hab das eklige Wetter nicht bestellt, aber, zum Henker, ich kehr doch nicht um wegen so'n bisschen Pech. Bist du ein Feigling, Jake?«

»Du weißt, dass ich keiner bin; aber dies ist doch eine reichlich unsichere Sache. Wir wissen nicht einmal, ob eine Kutsche mit dreitausend Pfund kommt.«

»Nicht einmal, ob überhaupt eine Kutsche heute nach Bristol fährt«, setzte Shorty noch eins drauf.

»Ich sagte doch, die in der Georgskirche haben einen Riesentamtam gemacht, als sie Walk losschickten«, sagte Curly.

»Nur weil so'n Schnösel was erzählt hat«, fauchte Shorty. »Hetzt uns für nichts und wieder nichts hier herum!«

Mit einem Mal bemerkte Curly, dass ein Fleck am Himmel heller zu werden begann. Man konnte die vom Wind gejagten Wolkenfetzen erkennen. Er überlegte: »Das kann noch nicht der Morgen sein. Dafür ist der helle Fleck auch viel zu hoch. Die Sonne geht ganz unten am Horizont auf.« Sie kämpften sich weiter voran und plötzlich brach ein großer Mond durch die Wolken und verwandelte die ganze Landschaft in eine geheimnisvolle Mischung aus Schwarz und Weiß. Curly brauchte einige Augenblicke, bis er in den schwarzen Figuren Bäume, Büsche und Steinbrocken erkannte, während das Weiße offene schneebezuckerte Felder und Wiesen waren.

Eine Stunde später hatte sich der Himmel ganz aufgeklärt, und die ersten Anzeichen der Morgendämmerung wurden erkennbar. Der Mond schien kleiner zu werden, während sie Meile für Meile dahinzogen. »Das reicht«, meinte Spuds. Sie befanden sich wohl zehn Meilen von London entfernt in einer bewaldeten, leicht hügeligen Gegend, weit weg von jedem Bauernhof. Curly kam es wie in einer anderen Welt vor – so still und friedlich.

Die vier stampften mit ihren kalten Füßen und bliesen sich in die Hände, als Spuds ihnen seinen Plan erklärte. »Wir haben nur eine Waffe, darum dürfen sich Jake und Shorty nicht sehen lassen, vor allem nicht von dem Kutscher oder dem Begleiter. Sie müssen glauben, ihr hättet Schusswaffen. Darum versteckt euch an der rechten Straßenseite dahinten bei den Büschen.

Curly, du versteckst dich hinter dem großen Felsbrocken an dieser Straßenseite. [In England ist Linksverkehr.] Wenn die Kutsche hier oben auf dem kleinen Hügel ankommt, wird sie langsamer sein, weil die Pferde so schwer zu ziehen haben. Hörst du? Nun, wenn die Kutsche heran ist, springst du mitten auf die Fahrbahn, winkst mit den Armen wie einer, der in Not ist und Hilfe braucht.«

»Was aber, wenn der Kutscher nicht anhält und mich überfährt?«, warf Curly ein.

Jake und Shorty prusteten los.

»Was sagst du doch, woher das Geld kommt?«, fragte Spuds spöttisch

»Von der Georgskirche.«

»Na, meinst du, gute, fromme Kirchenleute werden ein hilfloses Kind überfahren?«

»Ne, eigentlich wohl nicht.« Curly ging es durch den Kopf: »Wenn er sich darauf verlassen konnte, dass diese Kirchenleute gut und fromm waren, sollte man ihnen eigentlich das Geld nicht klauen.« Aber nun war es zu spät, sich darüber zu grämen.

»Also, sobald die Kutsche hält, schnappst du dir die Leine des linken Pferdes – des linken Leitpferdes, wenn's ein Vierspänner ist – und hältst es fest. Sobald der Kutscher mich sieht, weiß er, dass wir nichts Gutes vorhaben und wird einen Ausbruch versuchen. Dann musst du das Leitpferd ganz fest halten!«

Spuds wandte sich den beiden anderen zu. »Sobald die Kutsche hält, komme ich und fuchtel mit der Waffe und rufe: ›Überfall!‹ Der Kutscher und der Begleiter werden nur auf mich achten, doch kann der Begleiter bewaffnet sein, darum müsst ihr dann rauskommen und laut schreien: ›Keine Bewegung! Keiner dreht sich um, sonst knallt's!‹ Ihr schreit beide gleichzeitig ganz laut; aber ihr steht nicht beieinander!«

»Warum das alles, Spuds?«, jammerte Shorty. »Du tust, als wenn du ein Theaterstück aufführen willst.«

»Genau das will ich«, schnauzte Spuds. »Wir haben nur eine Waffe, noch dazu eine mit nur einem Schuss – aber ich will sie glauben lassen, sie seien von lauter Bewaffneten umzingelt. Wenn ihr nicht mitspielt, kann der Wagenbegleiter einen von uns angreifen, und dann gibt es Tote.«

»Na gut, ich will kein Blutvergießen«, sagte Jake. »Diese Straßenräuberei ist eigentlich ganz und gar nicht mein Geschäft. Ich breche wohl mal irgendwo ein; aber bewaffneter Straßenraub kann uns für lange Zeit ins Gefängnis bringen. Schieß auf keinen Fall einen tot, sonst werden wir alle aufgehängt, wenn man uns erwischt.«

»Klar, ich will keinen umbringen«, sagte Spuds. »Tut nur, was ich sage, dann geht alles gut.«

»Wenn aber in der Kutsche gar nicht dreitausend Pfund sind?«, meinte Jake.

»Wer sich eine Privatkutsche leisten kann, der ist reich genug, einige Schmucksachen mit sich rumzutragen. Die nehmen wir dann.«

»Aber dafür lohnt es sich doch nicht, ins Gefängnis zu gehen«, murrte Jake.

»Jake, du willst doch hinterher nicht vor Neid platzen, oder? Wir sind alle Teilhaber, sogar der Junge. Aber wenn du gehen willst ... Jetzt ist noch Zeit für dich abzuhauen.«

Jake blickte auf Shorty, dann wieder auf Spuds. »Egal, bin dabei«, sagte er und zog die Schultern hoch.

»Dann ist ja alles klar. Lasst uns in Stellung gehen!«

Eine Stunde später – Curly fror ganz erbärmlich – kam immer noch keine Kutsche. Wenn der Wind wehte, klingelte und knisterte das Eis an den dünnen Zweigen. Jeder kleine Zweig war wie in Silber eingesponnen, alles glitzerte, als die Sonne zu scheinen begann. Sie waren von einem gefrorenen Märchenland umgeben, und Curly versuchte sich von der Kälte in seinen

Gliedern dadurch abzuhalten, dass er den Spatzen zuschaute, die die letzten Samenkörner aus den wilden Kräutern pflückten, die aus der Schneedecke ragten.

Dann hörte er plötzlich etwas kommen. Er saß hinter dem Felsbrocken und konnte nicht in die Richtung nach London sehen. Aber von daher klang es, als ob eine Kutsche kam, nur schrecklich langsam. Der Hügel war ihm nicht sehr steil vorgekommen. Nun hörte er die Hufe eines Pferdes und quietschende Wagenräder. Curly wollte schon aufspringen, doch als er über den Stein lugte, sah er, dass es gar keine Kutsche war. Es war ein Bauer mit seinem Milchkarren.

Curly kroch wieder zurück; aber sein Herz schlug wild. »Das war gefährlich. Ein Glück, dass ich nicht aufgesprungen bin. Der Bauer hätte sicher wissen wollen, wer er war. Vielleicht hätte er ihm gesagt, er solle auf den Milchwagen steigen und mit ihm gehen.« Was ihn noch mehr erschreckte: Der Bauer hätte Argwohn schöpfen und Hilfe herbeiholen können.

Wäre das geschehen, würde aus dem ganzen Plan nichts werden. Und drei erwachsene Männer hätten ihm die Schuld gegeben.

Die Aufregung hatte ihn aber nicht wärmer gemacht. Stattdessen zitterte er nun, ohne es hindern zu können. Er versuchte seine Zehen zu bewegen, damit sie nicht erfroren, und er zog seinen Lumpenmantel fest um sich; aber das Zittern hörte nicht auf.

Dann kam wieder etwas. Diesmal hörte es sich eher nach Kutschpferden an, die in zügigem Trab näherkamen. Er vernahm, wie sie durch das Eis in den Spurrinnen brachen. Als die Kutsche anfing, den Hügel hinaufzufahren, schnaubte ein Pferd, und Curly hörte das Knarren des Ledergeschirrs und wie die Eisenräder gegen die Steine auf der Straße stießen.

Genau, wie Spuds gesagt hatte, wurden die Huftritte langsamer und langsamer, als das Gefährt so ziemlich oben angekommen war.

Jetzt war der Augenblick gekommen.

Curly richtete sich auf und sah zwei Pferde nur noch zehn Meter vor sich, die eine schwarze Kutsche zogen. Die beiden Lampen brannten noch, obwohl es schon hell geworden war. Er rannte auf die Fahrbahn, winkte ganz wild und rief, der Kutscher solle anhalten. Die Pferde bäumten sich auf und gingen beinahe rückwärts auf ihren Hinterbeinen, die in den schlammigen Rillen ausglitten, während der Kutscher an den Leinen riss und so kräftig wie möglich auf die Bremsstange trat.

Keuchend und schnaubend kamen die Pferde und der Wagen dicht vor Curly zum Stehen. Dampf stieg von ihnen auf, als Curly die Leine des Leitpferdes ergriff. Doch im gleichen Augenblick richtete sich das Pferd auf und schlug wie wild aus. Der Junge hing an der Leine wie ein Fisch an der Angel in der Luft, um im nächsten Augenblick auf den Boden zu krachen. Das Pferd wollte weg, rollte mit den Augen und schwenkte den großen Kopf hin und her. Curly wurde ganz wild und grob umhergeschleudert und konnte nur eins tun: krampfhaft festhalten. Dabei schnitten die Leinen in seine froststarren Hände.

Bei all der Aufregung wusste er nicht, ob Spuds und die anderen beiden Banditen auch zu Werke gegangen waren. Doch dann hörte er Spuds schreien: »Los, kommt raus da! Dies ist ein Überfall. Macht also keine Dummheiten und hebt die Hände hoch!«

Schließlich beruhigte sich das Pferd und Curly schaute zurück auf die Kutsche. Ein großer Mensch in gut geschneidertem Mantel und mit schwarzem Zylinder stieg aus mit den Händen über dem Kopf. Es war James Walk. »Der ist es!«, schrie Curly. Der Mann drehte sich zu Curly um, und bekam einen eigenartigen Gesichtsausdruck.

»Wo ist das Geld?«, brüllte Spuds ihn an; aber der Mann blickte immer noch auf Curly, als wenn er ihm schon mal begegnet wäre. »Hoffentlich hat er mich nicht in der Kirche gesehen!«, fragte sich der Junge ängstlich.

»Los, los, her mit dem Geld!«, befahl Spuds.

Endlich richtete der Mann seine Aufmerksamkeit wieder Spuds zu. Er langte vorsichtig die Brusttasche seines Mantels und holte eine flache Geldbörse hervor. »Das nicht!«, schrie Spuds, trotzdem riss er sie dem Mann aus der Hand.

»Und was, bitte schön, wünschen Sie sonst noch?«, fragte Walk höflich.

»Das Geld, das du nach Bristol bringst. Los, raus damit, oder soll ich hiervon Gebrauch machen?« Er fuchtelte mit der Pistole vor Walks Gesicht herum. Dann rief er Jake und Shorty zu: Ihr Leute, passt auf den Begleiter auf, dass er keine Bewegung macht! – Hopp, rein mit dir!«, sagte er und versetzte Walk einen Stoß, »und komm mit der Ladung Geld wieder raus – und lass deine Waffe besser drinnen.«

James Walk sah, dass er keine Chance zum Entkommen hatte. So kletterte er in die Kutsche zurück. Gleich kam er wieder hervor mit der kleinen schwarzen Tasche, die Curly letzten Sonntag in der Kirche gesehen hatte.

»Aufmachen!«, befahl Spuds

»Sie ist abgeschlossen.«

»Dann schließ sie auf!«

Walk machte alles sehr bedächtig – »Vielleicht überlegt er inzwischen, wie er das Geld retten kann«, dachte Curly, als das Pferd gerade wieder anzog. James Walk suchte in seinen Taschen, bis er mit einem Schlüssel zum Vorschein kam, den er langsam in das Schlüsselloch steckte.

»'N bisschen dalli!«, fauchte Spuds. Dann, als er den Inhalt der Kassette erblickte, sagte er zufriedener: »Das reicht. Schließ wieder ab und wirf mir den Schlüssel zu!«

Walk tat, wie ihm befohlen war.

»Jetzt stell die Kassette an den Straßenrand, ohne Fisimatenten, wenn's geht, und dann ab in die Kutsche und verschwinde!«

Die Kutsche rollte schon wieder den Hügel hinunter, als Curly begriff, dass alles vorüber war. Sie hatten's geschafft! Sie hatten die Kutsche ausgeraubt! Jake und Shorty kamen herüber und verlangten, das Geld zu sehen.

»Nicht hier, ihr Esel. Wir müssen hier weg. Später ist Zeit genug, uns das Geld anzuschauen.« Er nahm die Tasche auf und lief so schnell er konnte, durch den Wald.

Curly stolperte hinter den Männern her, dabei rutschte und glitschte er auf den Eisflächen herum. Immer wieder musste er einfach lachen. Sie hatten's geschafft! Er war reich!

Wie sie so dahingingen, merkte er, dass man die Spuren der Männer vor ihm so deutlich sehen konnte, dass ein Blinder ihnen hätte folgen können. Und als er sich umdrehte, sah er seine Fußstapfen genauso deutlich in der dünnen Schneedecke.

BETRUG

Wieder in London stolperten die vier Banditen kurz nach Mittag in die Cracker Box, Spuds' Stammkneipe. Sie waren müde, durchgefroren und nass; aber sie hatten eine Tasche voll Geld.

»Bestellt, was ihr wollt, Jungs«, grinste Spuds. »Jetzt wird gefeiert!«

»Besser wär, du würdest mir meinen Teil an der Beute geben und mich gehen lassen«, sagte Shorty hinter vorgehaltener Hand.

»Keine Angst! Keine Angst! Du kriegst dein Teil, aber wir können doch hier kein Geld verteilen«, protestierte Spuds. »Wenn das jemand sieht, werden wir unangenehme Fragen zu beantworten haben.«

»Na, und wie willst du diese Feier bezahlen, ohne die Kassette zu öffnen und sie jedermann zu zeigen?«, fragte Jake.

Ein schlaues Grinsen breitete sich über Spuds rotes Gesicht aus, als er in die Tasche griff und Mr. Walks Geldbörse herauszog. »Ich glaube, darin ist genug drin, dass wir alle essen und trinken können. Also, bestellt Jungs, ich zahle!«

»Du zahlst?«, brummte Jake mürrisch. »Das gehört uns allen, wir haben es gemeinsam verdient. Alle für einen und einer für alle. Du kannst es nicht als deins betrachten!«

»Beruhige dich. Ich hab nur Spaß gemacht.«

Curly bestellte sich zwei Schüsseln mit Hammelfleisch und Klößen und ein Glas Bier. Zum Nachtisch aß er zwei dicke Scheiben scharfen Käse und einen Apfel. Das war ein Festessen! Sein Magen war so voll, dass er meinte, er müsse platzen, als er sich erhob, um aus der Kneipe zu gehen. »Das nenn ich leben!«, sagte er zu seinen Kumpanen.

Die drei Männer hatten zu viel getrunken. Sie redeten laut und schlugen sich gegenseitig auf den Rücken, wobei sie sich gratulierten. »Los«, sagte Shorty, »lasst uns nun das Geld teilen!«

»Ja, gib uns unseren Anteil«, forderte Jake.

»Was? Hier auf der Straße? Am Ende wollt ihr, dass ich das Geld hochwerfe, damit der Wind die Scheine umherweht.«

Sie gingen durch den St. James Park, und endlich willigte Spuds ein, irgendein Versteck zu suchen, wo sie die Beute teilen konnten. Als sie sich hinter einigen Büschen verkrochen hatten, machte Spuds zwei Hälften. Dann teilte er die eine Hälfte noch einmal und gab Jake und Shorty je ein Viertel.

»He«, sagte Shorty, als er sah, wie Spuds teilte, »du solltest alles in Drittel teilen. Du hast kein Recht, die Hälfte zu behalten. Wir sind alle gleichberechtigt, denk dran!«

»Genau, eben darum hab ich's in Viertel geteilt. Der Junge ist auch unser Partner.«

»Ja, dann gib mir meinen Anteil auch!«, befahl Curly so entschieden wie möglich.

»Augenblickchen, mein Lieber«, forderte Jake Spuds heraus. »Du hast nie gesagt, der Junge würde auch einen Teil bekommen. Der ist doch nur mit dir mitgelaufen. Dafür musst du aufkommen.« Als er das sagte, lief Jake ganz rot an und griff nach dem Geld.

Spuds zog seine Waffe und befahl: »Hände weg, Jake! Vier waren beteiligt, so kriegt jeder ein Viertel. Nicht mehr. Nimm deinen Teil, oder lass es.«

Jake belauerte Spuds aus den Augenwinkeln, dann aber nahm er langsam und vorsichtig seinen Anteil und begann, das Geld in seinen Taschen zu verstauen. Shorty tat dasselbe.

»Jungs, seid ja auf der Hut. Schmeißt nicht mit dem Geld rum. Pass auf, Shorty, dir fallen ja schon einige Scheine aus der Tasche. Wenn ihr Burschen plötzlich wie reiche Leute tut und überall Geld ausgebt, wird sicher schnell jemand misstrauisch. Vergesst nicht, das Geld stammt von hier aus London. Die Polizei könnte euch schnell in die Enge treiben.«

»Mach dir um uns keine Sorgen«, fauchte Shorty, als er sich mit Jake verdrückte.

»Na, und was wird mit meinem Anteil?«, fragte Curly, als die beiden anderen fort waren.

»Hier hast was«, sagte Spuds und hielt ihm eine knappe Hand voll kleiner Münzen hin. »Verprass nicht alles auf einmal«, lachte er.

»Moment mal!«, zischte Curly und wollte das Geld nicht nehmen. »Das ist nicht mein Anteil. Ich bekomme ein Viertel. Das hast du ihnen eben selbst gesagt.«

»Natürlich kriegst du das. Aber du hast keine Stelle, wo du es aufbewahren kannst. Sei vernünftig und nimm dies. Ich werd das Geld für dich aufheben. Immer, wenn du was brauchst, komm zu mir. Ich werde dir was geben.«

»Nee, nee. Ich will meinen vollen Anteil und zwar jetzt. Ich kann selbst dafür aufpassen; aber erst muss ich das Geld haben.«

»Beruhige dich, Söhnchen«, sagte Spuds, als er das Geld in die Kassette zurücksteckte und sie abschloss. »Du brauchst nicht alles auf einmal. Es ist sicherer, ich heb es für dich auf.«

»Ich will mein Geld – jetzt!«

»Hör zu: Ich geb es dir aber nicht. Und damit Schluss. Du würdest viel zu viel Aufsehen erregen, dann hätte uns die Polizei in Null Komma nix. Komm jetzt. Wir gehen ins Lagerhaus. Ich bin müde und muss nötig schlafen.« Spuds stand auf und machte sich auf den Weg aus dem Park.

Curly lief hinter ihm her, fluchte und schrie: »Du Dieb! Gib mir mein Geld!« Aber Spuds ging unbeeindruckt weiter, so als sei Curly gar nicht vorhanden. Der geriet so außer sich vor Verzweiflung und Wut, dass er Spuds Jacke packte und ihn mit aller Kraft zurückzog. »Gib mir mein Geld!«

Spuds flog herum und traf Curly mit einem entsetzlichen Schlag des Handrückens. Der warf den Jungen zu Boden, machte ihn aber noch wütender. Er sprang auf und schrie Spuds ins Gesicht: »Gib mir mein Geld, oder ich ... Ich werd' ...« Er suchte verzweifelt nach irgendeiner Drohung. »Oder ich geh zu den Kirchenleuten und sag, dass du der Verbrecher warst.«

Spuds gemütliches Gesicht verzerrte sich zu einer roten Knolle, und er griff sich Curly und hielt ihn mit der freien Hand fest. Dann ließ er die Tasche fallen und begann, den Jungen zu schlagen. Curly versuchte, die Hiebe mit hochgezogenen Armen abzuwehren. Dabei hielt er nach einer Möglichkeit Ausschau, freizukommen, die Tasche mit dem Geld zu schnappen und fortzulaufen. »Das wär meine Chance!«, dachte er; aber die Schläge wurden härter und härter, bis Curly nur noch hoffte, dem entkommen zu können.

Schließlich ließen die Schläge nach. »Du fasst mich niemals wieder an, und niemals wirst du mir drohen, Knäbchen!«, fauchte Spuds und hielt ihn noch immer an der Jacke fest, »oder ich schlag dich in kleine Stücke!«

In dem Augenblick gelang es Curly frei zu kommen. Seine Nase blutete, und Tränen überströmten sein Gesicht. Er konnte nur noch fortlaufen, so machte er keinen Versuch, die Tasche aufzuheben, bevor er aus dem Park lief.

Er rannte und rannte, bis seine Beine so weich wie gekochte Nudeln waren. Schließlich fiel er neben einem Bretterzaun an der Straße auf den Boden, irgendwo in einem unbekannten Stadtteil. Er saß da und lehnte sich an den Zaun; er japste schwer nach Luft. Lautes Stöhnen entrang sich seiner Kehle und er fing an zu weinen. Alles war schiefgegangen. Er war betrogen worden, und nun hatte er keinen Ort, wohin er gehen konnte.

Curlys Kopf und Arme waren verschwollen von Spuds Schlägen; aber drinnen, in seinem Herzen, saß ein noch viel größerer Schmerz. Sein ganzes Leben lang war er betrogen worden. Das fing an mit seinem Vater. Der Mensch, der ihn lieben sollte, hatte sich gegen ihn gewandt, ihn geschlagen und alles versoffen, wovon die Familie hätte leben können. Er hasste seinen Vater. »Wäre das ein ordentlicher Mensch gewesen, müsste ich nicht auf der Straße leben«, jammerte Curly.

Etwas später setzte ein kalter Regen ein und jagte den Jungen hoch. Alles tat ihm beim Aufstehen weh. Er fing an, sich einen Ort zu suchen, wo er sich vor dem Wetter bergen konnte. Hinter einer hohen Steinmauer, die einen Garten mit einem wunderschönen Haus umgab, fand er eine Kiste voll alter Kleider und anderer Dinge. Sie hatte einen Holzdeckel – der sollte sicher die Ratten abhalten – aber nun war er ein zusätzlicher Schutz vor dem Regen. Curly zog die Lumpen über sich und fiel in einen unruhigen Schlaf.

Er träumte von seiner Mutter. Ganz deutlich erkannte er sie, obwohl er sich sogar im Traum wunderte, wie das möglich war, wo das alles doch solange her war. Selbst als er aufwachte hatte er noch ein anheimelndes Gefühl, und er versuchte, ihr Bild im Gedächtnis festzuhalten; aber nach wenigen Augenblicken war es verschwunden. Alles, was blieb, war ein vages Erinnern an ein warmes Lächeln und eine sanfte Umarmung, allerdings vermischt mit dem wütenden Geschrei des Vaters.

Er kletterte aus der Kiste, und fand, dass er es diesen Morgen gar nicht so schlecht gehabt hatte. Noch vor dem Dunkelwerden war er eingeschlafen, und jetzt war heller Tag. Aber Hunger hatte er auch schon wieder. Der Regen hatte aufgehört, und so untersuchte er die Abfalleimer hinter den Häusern reicher Leute, um etwas Essbares zu finden. In einer Tonne steckte ein halbes Brot. Er aß aber davon nur, was nicht nass geworden war. Ein paar Apfelsinenschalen waren das Einzige, was man zur Not noch essen konnte.

Als die blasse Wintersonne so hoch am Himmel stand, wie sie zu dieser Jahreszeit nur steigen konnte, entschloss sich Curly, zum Lagerhaus zurückzukehren. »Vielleicht ist Spuds jetzt vernünftig geworden und sieht ein, dass er mir mein Geld geben muss«, dachte er.

Doch während er so durch die Straßen Londons wanderte, begann ein Plan bei ihm Gestalt zu gewinnen. Sollte Spuds sich weigern, ihm seinen gerechten Teil zu geben, dann wusste er ja eigentlich gut, wo der das Geld versteckt hielt – in der Höhlung hinter dem losen Stein. Curly beschloss, sich freundlich zu stellen, auch wenn Spuds sich weigerte zu teilen. Der Kerl sollte nicht argwöhnisch werden. Dann würde sich schon eine Gelegenheit ergeben, um zu nehmen, was ihm rechtmäßig zustand.

Früher oder später, so stellte er sich vor, würde Spuds lange genug das Lagerhaus verlassen, dass er ohne Gefahr das Geld nehmen und aus der Stadt verschwinden konnte. Er begann zu überlegen, wohin er gehen sollte. »Ich hätte genug, um reisen zu können, wohin ich will«, dachte er. »Vielleicht gehe ich in meinen Heimatort, nördlich von hier und suche meine Geschwister.« Aber ein kalter Schrecken dämpfte diese Gedanken: Spuds würde sicher nach ihm suchen, sobald er merkte, dass er verschwunden war. Und Curly hatte oft erzählt, woher er kam.

»Vielleicht sollte ich nach Frankreich oder nach Amerika oder auf eine Südseeinsel auswandern.« Der Gedanke an all diese tollen Möglichkeiten erregte ihn so sehr, dass er immer schneller zu laufen anfing.

Als er im Lagerhaus ankam, war Spuds mit einem »Kunden« beschäftigt und er sagte zu Curly: »Gut, dass du da bist. Geh auf die Straße und pass auf. Los, geh schon!« Kein Wort von den Prügeln. Er tat, als sei gar nichts geschehen.

Curly zog ab und ging zu der großen Vordertür des Lagerhauses, von der aus er die ganze Straße überblicken konnte, während Spuds seine Geschäfte abwickelte. Als der Kunde fort war, kehrte Curly zurück und fragte Spuds: »Warum machst du noch diese kleinen Geschäfte, wo wir doch so viel Geld bei dem Überfall gekriegt haben? Ich dachte, du hättest jetzt was anderes vor.« Noch während er das sagte, merkte er, wie froh er war, Spuds gefunden zu haben. Der alte Mann hätte ja auch alles zusammenpacken und abhauen können, genauso, wie Curly es vorhatte.

»Warum ich nichts anders mache?«, sagte Spuds mit einem schrägen Grinsen, »Aus demselben Grund, weshalb ich dir nicht deinen vollen Anteil gegeben habe. Ich wahre unsere Interessen, wenn du verstehst, was ich meine.«

»Ne, das versteh ich nicht.«

»Viele Leute in der Stadt kennen mich, nicht zuletzt die Polizei. Wenn sie herumfragt, ob jemand neuerdings auf großem Fuß lebt, dann möchte ich nicht erwähnt werden. Kapierst du das?«

»Ne!«

»Hör zu! Nach so einem Ding, was wir gedreht haben, guckt die Polizei als Erstes nach jemand, der plötzlich viel Geld ausgibt. Solche Leute machen sich verdächtig. Darum möchte ich, dass von mir höchstens gesagt wird: ›Er treibt's wie immer.‹ So falle ich nämlich nicht auf.«

Curly nickte. »Das machst du schlau. Aber – kann ich jetzt mein Geld haben? Ich werde es nicht rumschmeißen.«

»Hier, ich werde dir immer geben, was du so täglich brauchst, nicht mehr. Ich geh kein Risiko ein.« Spuds hielt ihm seine Hand mit zwei Schillingen hin. »Du musst das verstehen, Junge. Die Leute würden Verdacht schöpfen, wenn du anfängst, mit Fünf-Pfund-Noten umherzuwerfen.«

»Aber das tät ich bestimmt nicht.«

Spuds ließ sich nicht erweichen. Er hielt immer noch die Hand ausgestreckt und blickte Curly fest in die Augen. Schließlich nahm der Junge das Geld, dabei guckte er zur Seite, um seine Enttäuschung zu verbergen.

In diesem Augenblick entschloss er sich, die Sache selbst in die Hand zu nehmen.

VERHAFTET

Es war Sonntag. Immer noch hatte Curly keine Gelegenheit gefunden, das Geld aus dem Loch in der Wand zu nehmen. Spuds hatte Wort gehalten und dem Jungen täglich einige Münzen gegeben. Curly konnte ausrechnen, dass es Jahre dauern würde, bis er seinen ehrlichen Anteil erhielt.

Er verließ das Lagerhaus. »Spuds behandelt mich wie einen Sklaven«, murmelte er vor sich hin, als er mit seinen kaputten Schuhen über die Kopfsteine der Straße schlurfte. Beide Hände hatte er tief in die Taschen gesteckt und die Mütze weit in die Stirn gezogen. »Ich muss in dem kalten, muffigen Lagerhaus bleiben und für ein paar kleine Münzen schuften. Hätte ich eine richtige Arbeitsstelle, könnte ich kündigen, wann ich will.«

»Ich hol mir mein Geld und hau ab«, sagte er laut. Als er hochblickte, merkte er, dass er in der Oxfordstreet war und ein paar Querstraßen weiter den Turm der Georgskirche sehen konnte. War es erst zwei Wochen her, dass er sich von dem Kirchturm abgeseilt und fast vom Dach gefallen war? Irgendwie kam es ihm wie ein ganzes Jahr vor.

Dann erinnerte sich Curly an die Frau mit dem grauen Schal und dem kleinen Mädchen, die seiner Schwester so ähnlich sah. Es tat ihm leid, dass er sie nie wiedersehen würde, wenn er London verließ. Er bekam richtiges Heimweh. Er wusste gar nicht mehr, wie seine Schwester genau aussah; aber dies Mädchen glich der letzten Erinnerung an sie.

Diese Gedanken bewegten ihn, als er so dahinging. »Vielleicht bekomme ich sie noch ein einziges Mal zu sehen«, dachte er.

Dann begannen die Glocken der Georgskirche zu läuten, und er wusste, dass der Gottesdienst gleich anfing. Jetzt musste er sich beeilen. Er wartete, bis die meisten Leute drinnen waren, dann ging auch er hinein und setzte sich auf einen Platz in der letzten Reihe. Aber so sehr er sich auch mühte, er konnte die Frau mit dem grauen Schal nicht in den Reihen vor ihm entdecken.

Er machte den Hals lang und begann noch einmal von vorn, wobei er sich vorzustellen suchte, wie die Frau wohl aussah, wenn sie etwas anderes als den grauen Schal trug. An einer Stelle, ganz vorn auf der anderen Seite, meinte er, sie gefunden zu haben. Doch als die Frau den Kopf drehte, konnte er ein wenig von ihrem Gesicht sehen. Sie hatte eine große Nase, und er wusste, dass er sich geirrt hatte.

Dann erinnerte sich Curly an die Empore. »Sie muss da oben sein«, dachte er. Als alle bei der Evangelienlesung aufstanden, schlich er hinaus und suchte die Treppe, die von der Eingangshalle zur Empore führte.

Er war halb oben, als jemand um die Ecke bog, um nach unten zu gehen. Curly blickte auf und ein gewaltiger Schreck durchzuckte ihn: Es war Mr. Walk! Ihm war nie der Gedanke gekommen, er könnte mit diesem Menschen zusammentreffen, wenn er sich bei der Kirche herumtrieb.

Sein erster Gedanke hieß: Flucht! Doch fürchtete er, dadurch erst Aufmerksamkeit zu erregen. So duckte er sich und hoffte, Walk würde nicht auf sein Gesicht geachtet haben. So schaute er nach unten, als achte er darauf, wohin er trat.

Ob alles gut gegangen war, wusste er nicht; aber der Mann sagte nichts und ging ohne Zögern an ihm vorüber. Curly wollte am liebsten gleich umkehren, doch traute er sich nicht. So lief er hinaus und betrat die Empore an der rechten Seite. Ein Platzanweiser lächelte ihn an und zeigte ihm einen leeren Sitz; doch

Curly ging weiter, die ganze Empore entlang hinter der letzten Reihe, bis zur anderen Seite.

Ganz leise, leise schlich er die andere Treppe hinunter. Er war wieder in der leeren Vorhalle. Geduckt erreichte er die Außentür, rannte die Stufen hinab und lief die Straße entlang. Er schwor sich, niemals wieder in die Nähe der Georgskirche zu kommen und auch Spuds nichts davon zu sagen.

Was Curly nicht wusste: Mr. Walk hatte ihn gesehen und gemeint, dem Jungen schon irgendwo einmal begegnet zu sein. Später, als er in der Kirchenbank saß und die langatmige Predigt anhörte, wurde ihm plötzlich klar, dass dies der Junge war, der die Pferde bei dem Überfall festgehalten hatte! Er glitt aus der Bank und rannte die Treppe hinauf. Dort suchte er die Empore genau ab.

Je mehr Mr. Walk über den Jungen nachdachte, um so sicherer war er, ihn in der Georgskirche schon einmal gesehen zu haben. Das würde auch erklären, woher die Banditen von dem Geldtransport wissen konnten, und dass der Junge geschrien hatte: »Das ist er!«, als er aus der Kutsche kam.

Er besprach seinen Verdacht mit einem Mitglied des Kommitees, das für die Waisenkinder Georg Müllers sammelte. Der Mann sagte: »Wenn Sie den mindestens zweimal in der Kirche gesehen haben, lebte er vielleicht hier in der Nachbarschaft.«

»Ich glaube kaum, dass der Bengel Familie hat«, sagte Walker. »Mir fiel er auf, weil er so verwahrlost aussieht, auch war er immer allein – außer damals auf der Straße nach Bristol, und ich hoffe nicht, dass einer der Galgenvögel sein Vater ist.«

»Ob er in einer Familie lebt oder nicht, weiß ich nicht«, sagte der andere, »aber jedenfalls ist er in schlechte Gesellschaft geraten.«

»Vielleicht sollte ich ein wenig die Straßen beobachten«, überlegte Walk. »Wer weiß, vielleicht läuft er mir noch einmal über den Weg, und möglicherweise bekommen wir etwas von dem Waisenhausgeld zurück.«

»Haben Sie ganz vergessen, dass wir mitten im Winter sind?«

»Das nicht«, sagte Walk mit einem gequälten Lächeln, »aber manchmal ist das Wetter gar nicht so schlimm.«

Drei Tage später – Curly hatte sich neue Schuhe gekauft – konnte er das mulmige Gefühl nicht loswerden, dass ihm jemand folgte. Er war nicht sicher, ob er meinte, jemand beobachte ihn, oder ob entgegenkommende Leute ihn sonderbar anschauten.

Dies Empfinden war so deutlich, dass er sich mehrere Male umdrehte, um einen Verfolger zu entdecken; aber er hatte kein Glück. Schließlich gab er es auf und redete sich selbst ein, seine Einbildung spiele ihm einen Streich.

Er brauchte die neuen Schuhe. Schon vorher hatte er Spuds überzeugt, er müsse neue Sachen haben, nun waren die Schuhe sein letzter Einkauf. Für die Reise hatte er das alles nötig; denn heute Abend wollte er das Geld nehmen und abhauen.

Spuds blieb am Mittwoch immer lange in der Cracker Box, um mit einigen Freunden zu würfeln. Curly kam auch gewöhnlich mit und führte seine akrobatischen Kunststücke vor, um ein wenig Geld zu verdienen. Letzte Woche wollte er nicht mitgehen; er hätte genug Geld, hatte er gesagt. Doch am Morgen dieses Mittwochs sagte Spuds: »Du musst heute deine Saltos wie gewöhnlich in der Cracker Box machen. Es darf bei uns nichts Auffälliges zu bemerken sein. Mit deinem neuen Zeug siehst du schon seltsam genug aus.«

»Dann sollte ich lieber nicht hingehen?«

»Selbstverständlich tust du das. Irgendwie müssen wir doch eine Erklärung haben, woher du das Geld für deine Anschaffungen hast.«

»Dann will ich aber auch noch Geld für neue Schuhe«, bettelte Curly.

Spuds blickte auf die Füße des Jungen. »Gut, man muss ja zugeben, dass sie dir fast vom Leibe fallen. Okay! Kauf sie dir; aber zieh sie heute Abend nicht ab.«

Curly war einverstanden.

Er hatte vor, mit Spuds in die Kneipe zu gehen und einige Kunststücke vorzumachen. Dann wollte er Spuds sagen, ihm sei schlecht, er müsse ins Lagerhaus zurückgehen. Dort würde er sich seinen Teil nehmen und wäre dann ein freier Mann.

Als er am späten Nachmittag zum Lagerhaus zurückging, drückten ihn die neuen Schuhe, und er wollte Spuds am nächsten Morgen noch einmal bitten, ihm das Geld zu geben. »Es wäre doch besser, es mit Spuds nicht zu verderben. Dann brauche ich auch nicht aus der Stadt wegzuziehen«, dachte er bei sich. Gewöhnlich war Spuds nämlich ein netter Kerl – nur gegen Feinde konnte er höchst unangenehm werden.

»Hilf mir diese Fässer umzustellen!«, befahl Spuds, als Curly hereinkam. »Es kommt eine neue Schiffsladung, und da soll ich Platz schaffen.«

Die zwei schwitzten und stöhnten, während sie sich mit den Fässern abquälten. Dann legten sie eine Pause ein; dazu gingen sie in die Ecke mit dem Ofen, die Spuds »sein Heim« nannte. Wieder fing Curly von dem Geld an: »Spuds, ich habe eine Menge bei dir gelernt über den Umgang mit Geld. Ich kann es jetzt selbst. Is doch klar – niemals viel auf einmal ausgeben und nicht plötzlich aussehen, als wenn man reich wär'. Meinst du nicht, ich wüsste jetzt genug, dass ich mein volles Teil kriegen kann?«

Spuds blickte den Jungen lange an, ohne eine Miene zu verziehen, und Curly begann, Hoffnung zu schöpfen. Doch dann sagte Spuds: »Du brauchst mir keinen Honig um den Bart zu schmieren, indem du sagst, was für ein guter Lehrer ich bin. Davon hast du nichts. Ich werde dir nicht alles Geld auf einmal geben. Nebenbei sehe ich an deiner Fragerei, dass du noch immer nicht viel begriffen hast.«

»Was meinst du damit? Was hab' ich nicht gelernt?«

»Du willst es bloß haben, weil du etwas anderes damit machen willst als bisher. Und alles, was du anders machst, fällt auf.«

»Nein«, widersprach Curly und wurde richtig laut: »Ich will überhaupt nicht alles auf einmal ausgeben, wenn du das denkst.«

Spuds wurde rot wie eine Tomate, als er schrie: »Und was willst du damit?«

»Ich will's, weil's meins ist!«

»Schluss jetzt! Ich geb es dir nicht und nun halt die Klappe!«, schnauzte Spuds.

Plötzlich flog die Tür zur Straße auf, als sei draußen eine Bombe explodiert und fünf Polizisten stürmten herein. Spuds bückte sich zu seiner Schlafkoje hinunter und zog eine Pistole unter dem Kopfkissen her-

vor, die er seit dem Raubüberfall dort verwahrte – »zur Sicherheit«, wie er sagte.

Kein Londoner Polizist trägt eine Schusswaffe. Aber alle blieben tapfer stehen, und Spuds und Curly hatten keine Chance, nach vorn oder hinten durchzubrechen.

Schließlich sagte einer der Polizeibeamten: »Wär's nicht besser, du legtest das Ding weg, Baxter?«

»Weglegen?«, fragte Spuds fassungslos. Seine Augen waren weit geöffnet, und sein Atem ging heftiger als vorhin beim Fässerrücken. »Ich leg sie nicht eher weg, bis ihr aus dem Weg geht und mir freien Abzug gewährt.«

Der Beamte schüttelte den Kopf und sagte: »Sei kein Dummkopf, Mann. Die Pistole enthält einen Schuss. Du kannst höchstens einen von uns treffen, und dann hätten dich die anderen schnell überwältigt; und wenn der Angeschossene stirbt, wirst du wegen Mordes bestraft. Außerdem stehen draußen auch noch welche – sowohl vorn wie hinten.«

Obwohl es ihm niemand gesagt hatte, hob Curly langsam die Hände. Das schien ihm jetzt das Richtige zu sein. So hatten es auch die Überfallenen bei dem Raubzug getan.

»Spuds, du willst doch sicher keinen Mord begehen?« Offensichtlich kannte der Einsatzleiter Spuds von früheren Gaunereien her.

Spuds hörte auf, vor den Nasen der Polizisten mit der Pistole hin- und herzufuchteln. Allmählich ließ er den Arm sinken.

»Na, du scheinst ja vernünftig zu werden«, sagte der Wachtmeister. »Jetzt brauchst du nur noch die Waffe aufs Bett fallen zu lassen, und alles ist in Ordnung.«

Sobald sich Spuds ergeben hatte, rief der Einsatzleiter gegen die Tür: »Sie können hereinkommen, mein Herr!«

Ungläubig starrte Curly auf James Walk, der mit einem anderen Beamten hereinkam. Walk blickte zuerst auf Curly, dann auf Spuds. »Ja, meine Herren«, sagte er, »dies sind zwei von ihnen – da gibt es keinen Zweifel. Die anderen beiden habe ich nicht zu sehen bekommen, aber was diese beiden angeht – kann ich vor Gericht einen Eid ablegen. Der da«, und er zeigte auf Spuds, »war der Bandenchef; er allein hat gesprochen und mich mit der Pistole bedroht. Das Gesicht werde ich nie vergessen.«

»Schätze, wir sind jetzt soweit, dass wir auf die Wache gehen können«, sagte der Beamte. »Der Polizeiwagen müsste inzwischen auch eingetroffen sein. Legt ihnen die Fußschellen an, und dann geht's ab. Ihr andere durchsucht hier alles und seht, ob ihr das Geld findet.«

Einer der Polizisten trat vor und legte Spuds die Fußfesseln an. Als er dasselbe bei Curly machen wollte, erhob Mr. Walk Einspruch: »Ist das bei dem Jungen nötig?«, fragte er.

»Das ist eine Vorsichtsmaßnahme. Diese Jungen können rennen wie aufgescheuchte Karnickel. Wir dürfen kein Risiko eingehen.«

Curly hatte sich nie so elend gefühlt, wie jetzt, wo der Beamte an seine beiden Fußgelenke die Schellen befestigte. Er hörte, wie die Ketten dazwischen auf dem Steinboden klirrten. Man gab ihm einen kleinen Stoß, und er schlurfte auf die Tür zu. Das war's also. Mein Leben ist zu Ende. Ich sitz' im Knast, bis ich tot bin, ging es Curly durch den Kopf.

Spuds folgte ihm durch die Tür und murmelte als sie nebeneinander standen: »Na, meinst du immer noch, du hättest gelernt, unauffällig mit Geld umzugehen?«

»DIESE SORTE TAUGT NICHTS«

Curly und Spuds saßen sich gegenüber im Pferdewagen der Polizei, der mit seinen Eisenrädern über die Pflastersteine ratterte. Es war dunkel; denn nur durch ein kleines, vergittertes Fenster an der Rückseite kam ein wenig Licht.

Curly wollte Spuds gern etwas sagen. Es gefiel ihm nicht, für einen Verräter zu gelten. So überlegte er, was er in der letzten Zeit getan und mit wem er gesprochen hatte. Er konnte sich nicht erinnern, jemals mit viel Geld um sich geworfen zu haben – außerdem hatte Spuds ihm ja nur immer das Notwendigste gegeben.

Schließlich fing er zu reden an: »Wie kommst du darauf, zu meinen, ich hätte Schuld, dass wir erwischt sind?«

Spuds grunzte nur, sagte aber nichts.

Das machte Curly wütend. Er hatte keine Lust, für etwas getadelt zu werden, was er nicht gemacht hatte. »Vielleicht warst du es selbst am letzten Mittwoch in der Cracker Box«, warf er ihm vor. »Vielleicht hat einer aus der Kneipe dich verraten; immerhin hast du für alle die Getränke bezahlt, und das tut man gewöhnlich nicht.«

»Daran hat's nicht gelegen«, antwortete Spuds endlich. »Ich glaube fast, Shorty und Jake wurden geschnappt und haben uns verpfiffen ... allerdings fällt es mir schwer, das von meinen alten Kumpeln anzunehmen. Ich kenn' die beiden seid Jahren schon.«

»Hör zu«, fügte Spuds noch hinzu, »einerlei, was sie auf der Polizeistation sagen oder tun, sage nicht, wie viel wir haben und auch sonst nichts. Verstanden?«

»Klar«, sagte Curly eifrig, als der Wagen anhielt. Es ging ihm sehr darum, Spuds Vertauen wieder zu gewinnen. »Was sollte ich auch über das Geld wissen? Du hast mir nie mehr als ein paar Münzen gegeben.«

»Das stimmt, und jetzt weißt du auch, warum. Die Polizei kann dich nicht unter Druck setzen, es ihnen auszuliefern, weil du es gar nicht hast. Siehste, ich war gar nicht so dumm.«

Die Tür hinten am Wagen wurde geöffnet und ein Polizist gab Befehle: »Raus kommen, Jungs! Ab zur Wache! Passt auf, dass ihr nicht stolpert!«

Es ging furchtbar schlecht, sich mit den Fußschellen fortzubewegen, und als sie schließlich in der Zelle saßen, bat Spuds den Wärter: »Können Sie uns nicht die Schellen abnehmen? Wir haben ja gar keine Möglichkeit mehr zum Durchbrennen, wo wir hinter Gittern sind.«

»Da müsst ihr Wachtmeister Bradley fragen«, sagte der Gefängniswärter. »Er hat sie euch angelegt, nicht ich.«

Einige Minuten später kam der Beamte namens Bradley in die Zelle, öffnete die Schellen und setzte sich dann auf eine Bank. »Na, Spuds, sieht so aus, als wärst du diesmal dran. Ich hätte nicht gedacht, dass du dich zu so einem Ding hinreißen ließest – Kirchenleuten Geld rauben! Dafür wirst du lange büßen müssen.«

Spuds zog die Schultern hoch, doch bei der Erwähnung der Kirche erinnerte sich Curly, dass er am letzten Sonntag in der Georgskirche fast mit James Walk zusammengestoßen wäre. Plötzlich sank ihm der Mut. Hatte Walk ihn am Ende doch erkannt, als sie auf der Treppe aneinander vorbeigingen? Und hatte er ihn nun zur Strecke gebracht? Jetzt erinnerte er sich auch an das Gefühl von heute Morgen, einer sei hinter ihm her. »Vielleicht«, so dachte Curly, als er schuldbewusst auf Spuds schaute, »vielleicht war ich es selbst, der die Polizei auf die Spur zum Lagerhaus gebracht hat!«

Am nächsten Morgen wurden Curly und Spuds durch die Ankunft ihrer beiden unglücklichen Kumpane, Shorty und Jake, geweckt. Wie die Polizei sie geschnappt hat, konnte Curly nicht erfahren. Nach einem Frühstück aus Brei und Tee kam Polizeimeister Bradley in die Zelle, holte Jake heraus und schloss wieder ab.

»Was soll er?«, fragte Curly, als er Jake durch das Gitterfenster beobachtete, wie er den Gang entlangschlurfte.

»Die wollen uns verhören«, sagte Spuds finster.

»Was ist verhören?« Das klang schrecklich, so ähnlich wie Foltern.

»Es bedeutet, dass sie uns wegen des Überfalls ausfragen. Denk also dran, was ich dir über das Geld gesagt hab'. Und wenn du uns hintergehst, Bursche, werden wir einen Weg finden, es dir heimzuzahlen.«

Nacheinander wurden sie aus der Zelle geholt und eine halbe Stunde später wieder zurückgebracht. Curly kam als letzter dran. »Denk dran!«, zischte Spuds, als sie bei der Zellentür aneinander vorbeigingen.

In dem kleinen Büro von Wachtmeister Bradley stand ein weiterer Polizist neben der Tür – und auf einem unbequemen Schemel saß James Walk.

»Setz dich«, befahl Bradley und zeigte auf einen Stuhl mitten im Raum. Dann ging er um einen alten Schreibtisch herum und setzte sich Curly gegenüber hin. Er lehnte sich zurück und faltete die Hände über seinem ansehnlichen Bauch. »Nun, mein Sohn, was kannst du zu deiner Verteidigung vorbringen?«

»Nichts«, murmelte Curly.

»Red' nur, ich meine es gut mit dir.«

»Ich sag' ja, nichts.«

»Wo steckt deine Familie, junger Mann?«, fragte James Walk von der Seite her.

»Hab' keine.«

»Hör zu, mein Junge. Es wäre besser für dich, mit uns zusammenzuarbeiten.«

Wachtmeister Bradley beugte sich vor und zeigte mit dem Finger auf Curly. »Du kannst nichts damit gewinnen, dich bockig zu stellen.«

»Ich stell mich nicht bockig«, sagte Curly und seine Augen funkelten. »Mein Alter starb vor sechs Jahren und meine Mama auch. Weiß nicht, wo meine Brüder und Schwestern sind, wurden alle aufgeteilt.«

»Ist dieser Bursche Spuds irgendwie mit dir verwandt?«, fragte Walk.

»Nein, er ließ mich nur bei sich wohnen.«

»Wo ist das Geld, das ihr geraubt habt?«, fragte Bradley ungeduldig. Der Beamte hatte wenig Interesse an der Familie des Jungen; er musste ein Verbrechen aufklären.

»Ahh – ich hab' nichts davon bekommen.« Curly biss sich auf die Lippe und überlegte angestrengt, was die anderen ihm zu sagen befohlen hatten.

»Ach nee?«, sagte der Beamte und hob die Augenbrauen. »Wir entdeckten einen Teil des Geldes, das die anderen beiden Banditen erhalten hatten, und die erzählten uns, Spuds habe das Geld in vier Teile geteilt – eins für jeden. Wo ist dein Anteil?«

»Spuds hat es behalten. Er gab mir immer nur ganz wenig zur Zeit«, antwortete Curly wahrheitsgemäß; aber seine Gedanken arbeiteten fieberhaft. Der Wachtmeister hat das Geld von den anderen beiden bekommen ... sollte das etwa heißen, man hätte das Geld im Lagerhaus nicht gefunden?

»Warum machte er das?«, fuhr der Beamte fort und weckte damit Curly aus seinen Überlegungen. »Wie – was?«

»Deinen Anteil – warum hat Spuds ihn dir nicht gegeben?«

»Er hatte Angst, ich würde damit herumschmeißen, und dann würden wir gefasst.«

»Hm.« Wachtmeister Bradleys Augen verengten sich zu einem Schlitz. »Hast du gesehen, wohin er es gesteckt hat?«

»Nein.« Das stimmte; Curly war tatsächlich nicht dabei, als Spuds das Geld versteckte; aber er wusste ganz gut, das es an dem geheimen Ort hinter dem losen Stein in der Mauer war. »Immer, wenn er mir etwas Geld gab, holte er es aus der Hosentasche.«

»Sieht Spuds ähnlich«, murmelte Bradley. »Er ist ein schlauer Fuchs – vielleicht wollte er das Geld für sich allein behalten.« Der Beamte drehte den Daumen zur Tür. »Schätze, wir sind mit dir fertig, Junge. Du kannst in die Zelle zurückgehen.« Dabei gab er dem Polizisten an der Tür ein Zeichen, Curly zurückzubegleiten.

»Einen Augenblick bitte, Herr Wachtmeister«, unterbrach ihn James Walk. »Was ist mit dem, was ich wegen des Jungen mit Ihnen beredet hatte?«

»Ach ja, richtig! Gut, ich bin einverstanden«, sagte Bradley, »aber ich fürchte, Sie vergeuden nur Ihre Zeit an ihm … und nehmen ein großes Risiko auf sich. Ich sag' Ihnen: Diese Sorte taugt nichts. Der hat eher wieder was ausgefressen, als Sie sich umdrehen können.«

»Danke für Ihren Rat, mein Herr. Ich bin sicher, Sie werden höchstwahrscheinlich Recht haben. Aber wir müssen ihm eine Chance geben; ohne meinen Plan habe ich für diesen Jungen keine Hoffnung.«

»Gut, wie Sie wollen«, sagte Bradley. »Gehen Sie nachher noch zur Schreibstube, um die Papiere über das Sorgerecht zu unterschreiben.«

»Komm, mein Junge«, sagte Walk zu Curly. »Du kannst mit mir gehen.«

Curly fragte verblüfft: »Wohin?«

»Erstmal aus dem Gefängnis. Reicht dir das fürs Erste?«

Verwirrt folgte Curly dem Mann den Flur nach rechts hinunter; nach links ging es zu den Zellen. In der Schreibstube musste Mr. Walk noch einiges klären. Das dauerte ein paar Minuten. Dann legte der Sergeant ihm etliche Papiere vor, die Walk unterschrieb. Als sie an der Außentür angekommen waren, drehte er sich zu Curly um und sagte: »Ich werde dir keine Schellen anlegen; aber ich warne dich doch: Die Polizei hat dich meiner Aufsicht unterstellt. Wenn du wegläufst, wird man dich wieder einfangen und für immer ins Gefängnis sperren. Ich werde dann nichts mehr für dich unternehmen. Hast du mich verstanden?«

Curly nickte, obwohl er nicht genau wusste, worauf er sich eingelassen hatte, nur, dass er nicht weglaufen sollte.

Sie traten ins Freie, und Curly war überrascht, dieselbe Kutsche zu sehen, in der Mr. Walk bei dem Überfall nach Bristol reiste. Auch der Kutscher und der Begleiter waren dieselben. Und der Wagenbegleiter hielt ihnen beiden jetzt die Tür offen.

Als sie eingestiegen waren, nahm Mr. Walk auf dem Rücksitz Platz, so dass er nach vorn blickte. Curly setzte sich ihm gegenüber und schaute darum nach rückwärts. Dabei bemerkte er, wie der Mann eine kleine Tasche auf den Schoß nahm und mit beiden Händen festhielt.

Walk bemerkte Curlys Interesse an der Tasche und sagte: »Ja, darin ist das Geld, das wir von den beiden anderen Gaunern wieder bekommen haben; aber ich warne dich! Der Wagenbegleiter hat eine Waffe und ist berechtigt, davon Gebrauch zu machen.«

Die Kutsche ruckte an und setzte sich schaukelnd in Bewegung, voran immer das Hufgetrappel auf den Pflastersteinen. »Wohin fahren wir?«, fragte Curly.

»Darauf müsstest du eigentlich selbst kommen«, sagte der Mann und blickte zum Fenster hinaus auf die Häuser, an denen sie vorbeifuhren.

ASHLEY DOWNS

Nun waren sie schon eine Stunde lang unterwegs auf der Straße nach Bristol, und plötzlich kam Curly die Gegend bekannt vor. Die Felder waren lichtem Wald gewichen. Dann spritzte es hoch auf, als die Kutsche durch eine große Pfütze fuhr, bevor es einen kleinen Hügel hinaufging.

»Kennst du das hier?«, fragte James Walk.

Curly blickte zuerst auf ihn, dann wieder aus dem Fenster. Ohne Eis und Schnee sah die Gegend ganz anders aus; aber es war keine Frage, er wusste Bescheid, und verlegen murmelte er: »Ja, ich glaub, hier haben wir vor zwei Wochen Ihre Kutsche angehalten.«

»Ausgeraubt wäre richtiger! Hast du jemals darüber nachgedacht, dass jemand dabei hätte zu Tode kommen können?«

»Spuds wollte kein Blutvergießen«, sagte Curly zur Verteidigung.

»O, wie nett! Tatsächlich? Nun, da freue ich mich; aber

manchmal geht sowas schief, nicht wahr? Was wäre passiert, wenn der Wagenbegleiter seine Waffe gezogen hätte? Einer der anderen Banditen hätte ihn dann erschossen, und Spuds könnte auf mich abgedrückt haben. Mehrere Leute hätten auf einmal tot sein können.«

»Jake und Shorty hatten gar keine Waffen«, sagte Curly und lächelte. »Ihr kleiner Trick hat die anderen reingelegt.«

»Wie bitte?«

»Ich sagte, sie hatten überhaupt keine Waffen. Nur Spuds hatte eine Pistole mit einem Schuss. Die anderen sollten nur so tun, als wären sie bewaffnet. Darum mussten sie auch von hinten kommen, damit das keiner sehen konnte.«

»Du willst mir also erzählen, wir seien von einer Bande ausgeraubt worden, die nur eine einschüssige Pistole hatte? Unglaublich!!« James Walk schüttelte nur den Kopf und sein Gesicht sah sonderbar aus, so, als müsste er lachen ... oder weinen. »Trotzdem hätte einer erschossen werden können«, sagte er zum Schluss. »Ihr habt etwas ganz Schreckliches getan. Ist dir das klar?«

Curly blickte nur zum Fenster hinaus. Er hatte nie wirklich darüber nachgedacht. Alles, was er wollte, war etwas Geld. Es stimmte doch: Sein ganzes Leben lang hatte niemand für ihn gesorgt. Warum sollte er sich nicht etwas besorgen?

Als es Abend wurde, hielten sie in Reading, und Mr. Walk mietete in einem Gasthof zwei Räume. Von den Fenstern aus konnte man auf die Themse blicken. Nach einem ordentlichen Abendbrot zogen sich der Kutscher und der Wagenbegleiter in die für sie gemietete Stube zurück. Mr. Walk ging mit Curly in die andere. Aber bevor Mr. Walk die Lampe löschte, schloss er der Tür ab und steckte den Schlüssel in seine Schlafanzugtasche.

Ein eigenartiges Gefühl überkam Curly. Zum ersten Mal seit sie aus London fortgefahren waren, wurde ihm klar, dass er in Wirklichkeit nicht frei war. Ja, er wusste, dass Mr. Walk ihn mitnehmen wollte, und er hatte auch nicht vor, wegzulaufen, weil er sonst ins Gefängnis gesteckt würde ... aber dies Abschließen?! War er nicht doch ein Gefangener?

»Ich bin ein ziemlich guter Taschendieb«, dachte Curly. »Ganz leicht könnte ich ihm den Schlüssel abnehmen, besonders, wenn er eingeschlafen ist.« Als er so im Dunkeln dalag und nachdachte, wie er den Schlüssel nehmen und weglaufen könnte, fiel ihm ein: »Was soll ich machen, wenn ich draußen bin? Ginge ich ins Lagerhaus zurück, hätte mich die Polizei eins, zwei, drei geschnappt. Und das Essen bei Mr. Walk ist auch nicht zu verachten. Vielleicht sollte ich doch erstmal sehen, was der Mensch mit mir vorhat. Jetzt geht's wohl erst einmal nach Bristol, um das, was vom Geld noch übrig ist, dort abzuliefern – so viel ist klar. Man muss abwarten und sehen, was dann kommt. Abhauen kann man immer noch, wenn's nötig ist.«

Früh am Morgen standen sie auf und waren schon auf der Straße, als die Sonne aufging. »Heute müssen wir weiter fahren als gestern, wenn wir bei einbrechender Dunkelheit in Ashley Downs sein wollen«, sagte Mr. Walk.

»Wohin?«, fragte Curly. »Ich dachte, es ginge nach Bristol.«

»Ashley Downs, in der Nähe von Bristol natürlich.«

»Warum?« »Hast du das noch nicht herausgefunden? Wenn ich nicht alles Geld abliefern kann, das unsere Gemeinde für Georg Müllers Missionswerk gesammelt hat, dann dachte ich, bringe ich ihm einen Helfer.«

Curly dachte nicht weiter darüber nach und blickte aus dem Fenster auf all die Bauernhöfe und Dörfer, an denen sie vorbeifuhren. Doch dann überlegte er: Was meinte Mr. Walk? Wollte er dableiben, bei diesem Mr. Soundso? Wenn ja, was sollte ich, Curly, denn da? Er wird mich doch nicht hier irgendwo rausschmeißen, hier im Nirgendwo? Weiter dachte er: Ich brauchte ja wochenlang, um nach London zurückzukommen, und die Dörfer, in denen ich um Brot betteln könnte, liegen weit auseinander. Und wo sollte ich schlafen? Es ist doch noch Winter … Curly schüttelte diese traurigen Gedanken ab, lehnte sich in seinen Sitz zurück und schlief ein.

Noch vor Dunkelwerden rollte die Kutsche durch Bristol, hielt aber nirgends an. Curly machte sich wieder Gedanken über das, was werden sollte, wenn sie am Ziel wären. Würde Mr. Walk dem Waisenhausmenschen sagen, dass er der Dieb des gestohlenen Geldes war? Würde er dann Schläge bekommen? James Walk merkte, wie aufgeregt Curly war und verkündete: »Gleich sind wir in Ashley Downs.«

»Was ist Ashley Downs? Ein Dorf?«, fragte Curly.

»Nicht so ganz«, lachte Mr. Walk. »Ashley Downs ist der Name von Georg Müllers Waisenhäusern … Und guck, da sind wir schon.«

Curly spähte voller Schuldgefühle durch das Fenster, als die Kutsche vor einem hohen Tor anhielt. Ein Wärter öffnete, und die Kutsche setzte ihren Weg fort, bis sie vor einem der großen Häuser auf dem Hügel zum Stehen kam. Viele Kinder rannten dort umher, alle waren warm angezogen mit Mützen, Jacken und Stiefeln. Einige kleinere spielten, während die größeren offensichtlich mit irgendetwas Nützlichem beschäftigt waren. Das Tor schloss sich, und Curly ließ sich in seinen Sitz fallen. Er wollte am liebsten in der Kutsche bleiben, denn alle blickten jetzt nur noch auf die Neuankömmlinge. Wussten sie wohl schon, dass er der Bandit war, der ihnen ihr Geld gestohlen hatte?

Aber James Walk forderte ihn auf, als Erster auszusteigen, so kletterte Curly hinaus und stand bei einem der riesigen Räder; dann stieg Mr. Walk aus. »Ganz schön hier, nicht wahr?«, sagte der Mann und überflog mit seinen Blicken die großen Schlafhäuser aus Ziegelstein, die braunen Gärten und die Steinmauer rings um alles her. Curly sah auch alles an, antwortete aber nicht. »Bleib hier stehen«, befahl Mr. Walk und klopfte an die Tür des nächsten Hauses.

Er verschwand für kurze Zeit darin, und als er schließlich herauskam, folgte ihm ein älterer Mann in schwarzem Anzug. Dieser ließ keinen Blick von Curly, während er durch den Garten zur Kutsche ging. Er war hochgewachsen und drahtig, mit weißen Haaren und einem dichten Backenbart. Er trug scharfe Gesichtszüge, die ihm ein ernstes Aussehen verliehen.

Als er aber genau vor Curly stand, breitete sich ein Lächeln über seinem Gesicht aus. »So, das muss unser junger Gangster sein.«

Curly entfiel aller Mut. Mr. Walk hatte also doch von ihm erzählt.

»Natürlich, das ist er«, antwortete James Walk. »Curly Roddy, dies ist Georg Müller, der Leiter dieser schönen Heime.«

Mr. Müller streckte seine Hand aus. Curly war verwirrt. Noch nie im Leben hatte ihm jemand die Hand gegeben. Doch ergriff er die große Hand und kriegte es sogar fertig zu stammeln: »Freut mich, Sie kennenzulernen, mein Herr!«

Mr. Müller wandte sich dann an James Walk und sagte: »Richten Sie bitte der Gemeinde der Georgskirche unseren Dank für ihre freundliche Großzügigkeit aus. Auch schönen Dank, dass Sie uns den jungen Roddy gebracht haben. Ich glaube, wir werden gut miteinander auskommen.

Können Sie wirklich nicht heute Nacht bei uns bleiben und morgen erst weiterfahren?«

Curly riss die Augen weit auf und der Mund wurde ihm trocken. Was? Mr. Walk wollte ihn in dem Waisenhaus allein zurücklassen?

»Nein, nein«, sagte Mr. Walk. »Ich habe noch einiges in Bristol zu erledigen. Außerdem«, und dabei zeigte er auf Curly, »ist es das Beste, wenn Sie jetzt ein wenig Zeit für den Jungen haben.«

Curly geriet in panische Angst. Man wollte ihn in ein Waisenhaus stecken! Das war ja noch schlimmer als ein Gefängnis. Aber bevor er etwas sagen oder tun konnte, schüttelten sich die beiden Männer die Hände – gleich darauf kletterte Mr. Walk in die Kutsche und fuhr davon. Curly blickte wie gelähmt hinterher, als sich das große Tor hinter dem abgefahrenen Wagen schloss.

Wie ein Blitz durchzuckte es ihn, als er den Sinn der Worte begriff: »Weil ich nicht alles Geld bringen kann ... dachte ich, ich bringe ihm einen Helfer.« »Er hat mich hergebracht, dass ich hier als Sklave arbeite«, dachte Curly verzweifelt.

»Nun, mein Junge, wenn du mit mir kommen willst, werde ich dir dein Bett zeigen.« Mr. Müllers Worte drangen in Curlys furchtsame Gedanken. »Morgen, wenn es hell ist, wird dir jemand hier in Ashley Downs alles zeigen.« Weil er im Augenblick nicht wusste, was er sonst machen sollte, folgte er Mr. Müller, der in zügigem Tempo die Treppe hinaufging, wie man es ihm in dem Alter gar nicht zutraute. Sie betraten einen riesigen Raum, der die ganze Länge des Gebäudes einnahm. Auf beiden Seiten waren zahlreiche Fenster, durch die Curly die schwindenden Farben des Abendrots sehen konnte.

Mr. Müller nahm sich einen Kerzenleuchter und setzte dann seinen Gang bis zur Mitte des Raumes fort. Links und rechts standen zwei Reihen schmaler Betten. »Dein Bett hat die Nummer dreiundzwanzig«, erklärte er. »Hier ist es.« Der Mann wies mit seinem knochigen Finger auf ein Bett, an dessen Fußenden zwei sorgfältig zusammengelegte Decken lagen. »Das ist nicht fürstlich; aber du wirst sehen, es ist doch ein bisschen bequemer als die Pritsche in der Gefängniszelle. Das weiß ich ...« Er machte eine Pause, damit Curly diese Worte auch aufnahm. Dann blickte er Curly an.

Der Junge begriff. »Sie meinen, Sie ...?«, fragte er erstaunt, als draußen eine Glocke zu läuten begann.

»Stimmt, Junge.« Er lächelte. »Ich war nur ein wenig älter als du, als ich meine erste Nacht im Gefängnis verbrachte; und du kannst sicher sein, dass ich nicht mit einer Nacht davonkam wie du. Fast einen Monat saß ich da wegen meines sündigen Betragens. Ich werde dir ein andermal davon erzählen; denn jetzt musst du zum Essen gehen. Das war die Abendbrotsglocke.«

Curly konnte sich fast nicht vorstellen, dass Mr. Müller ein Junge wie er gewesen war – und sogar im Gefängnis! Aber er hatte keine Zeit darüber nachzudenken, denn er musste dem alten Mann hinunter in den riesigen, lauten Speisesaal folgen, in dem drei Reihen Tische mit Bänken an beiden Seiten waren. Hinter den Bänken standen mindestens hundert Jungen und etwa ein Dutzend Erwachsene. Jeder Junge trug eine Schuluniform aus brauner Kordhose und einer marineblauen Jacke, auf die ein weißer Kragen geknöpft war. Curly schien das sehr unbequem zu sein, doch als er an sich hinuntersah, kam er sich ziemlich fehl am Platze vor, obwohl er die neuen Sachen trug, die er von dem Raubgeld gekauft hatte.

»Jungens!«, rief Mr. Müller mit durchdringender Stimme. Es wurde ganz still im Speisesaal; keiner sprach mehr ein Wort, »wir haben einen neuen Jungen. Begrüßt bitte Master Roddy!«

»Willkommen, Master Roddy«, riefen alle im Chor. Daraufhin setzte ein allgemeines Flüstern ein, und Curly wusste, dass es um ihn ging.

»Du kannst hier sitzen«, sagte Mr. Müller ruhig und zeigte auf einen leeren Platz am Ende der Bank. »Lasst uns beten: Lieber Vater, wir danken Dir für das, was Du uns an diesem Abend zu essen gibst. Auch danken wir Dir für den neuen Jungen, den Du in unser Heim gebracht hast. Amen.«

Die Jungen stiegen über die Bänke und setzten sich – alle, bis auf einen, der jeweils an der Tischmitte seinen Platz hatte. Der stand und schöpfte aus einem großen Topf dickflüssige Suppe in kleine Schüsseln, die er den Jungen zu beiden Seiten reichte. Die gaben sie weiter, bis alle etwas hatten. Genauso machten sie es mit einer Platte Brot. Dann begannen die Jungen zu essen.

Niemand sprach Curly direkt an; aber sie flüsterten untereinander. Zum ersten Mal soweit Curly zurückdenken konnte, war er nicht hungrig, wenn er etwas zu essen bekam. Er spielte mit der Suppe und nahm kleine Brotstückchen, die ihm aber im Halse stecken bleiben wollte.

Nach dem Essen begannen die Jungen, den Speisesaal zu säubern. »Du musst den Tisch abwischen«, kommandierte der Größte an ihrem Tisch und zeigte auf Curly.

Curly stand und wusste nicht, was er tun sollte, als einer der Erwachsenen dem großen Jungen sagte: »Roger, ich denke, du machst heute Abend Tischdienst. Geh zurück und kümmere dich um euren Tisch.«

Der Junge machte eine Fratze, als er an Curly vorbeikam. Curly tat dasselbe und ging mit den anderen Jungen hinaus. Als die Gruppe sich durch die Tür drängte, hörte er hinter sich ein Kichern: »Tolles Zeug hat er ja an; aber er sieht aus, als wenn er sich ein ganzes Jahr lang nicht gewaschen hat.«

Das reichte. Curly hatte niemand gebeten, hier sein zu dürfen, und er brauchte sich nicht bieten zu lassen, dass ihm ein Haufen zimperlicher Dorfjungen dummkam. Wie ein Blitz flog er herum und schnappte sich den ersten besten. »Von wem sprichst du?«, fuhr er ihn an. Ihm war völlig wurscht, ob er den Richtigen erwischt hatte oder nicht. Er packte ihn vorn an der Jacke und knallte ihn rückwärts gegen die Wand, dass dem Jungen die Puste ausging. »Ich werd' dir beibringen, dass du dich über mich nicht zu mokieren hast!«, sagte Curly, streckte den einen Fuß vor und riss den Jungen nach vorn, dass er der Länge lang hinschlug.

Alle hatten sich in sicheren Abstand gebracht und bildeten einen Kreis um die beiden. Curly wollte sich gerade auf sein liegendes Opfer stürzen, als ihn jemand von hinten an der Schulter packte und ihn herumriss. Es war Roger, der Junge, der unten den Tischdienst machen sollte.

Roger holte mit der Faust aus und wollte zuschlagen; aber er hatte nicht mit einem gerechnet, der sich auf den Straßen Londons zu behaupten gelernt hatte. Curly duckte sich und rammte seinen Kopf in Rogers Magen. Dabei griff er ihn in der Mitte und drückte ihn zwischen die Zuschauer.

Beide Jungen verloren das Gleichgewicht und fielen neben den ersten Betten des Schlafsaales auf den Boden. Der Kreis der Zuschauer formte sich am neuen

Zentrum des Geschehens, wo Roger und Curly sich am Boden wälzten. Einen Augenblick war Curly oben, doch irgendwie konnte Roger ihn abschütteln und griff ihn von hinten. Ganz unbeeindruckt schnappte sich Curly einen Arm des größeren Jungen und drehte ihn um dessen Hüfte und Schulter, so dass er vor ihm auf dem Boden landete.

Curly sprang auf ihn und hieb ihm in den Bauch. Dann brachte er es fertig, ihm in den Rücken zu kommen, sich einen der wild umherfuchtelnden Arme zu schnappen und ihn solange zu drehen, bis der andere vor Schmerzen jaulte. Dabei fielen beide wieder hin. Plötzlich hörten sie eine drohende Männerstimme hinter sich: »Genug jetzt! Aufstehen! Beide!«

DER BANDENFÜHRER

Der Mann, der die beiden vom Fußboden hochbrachte, war der Leiter des Waisenhauses für Jungen. Er befahl Roger, seinen Tisch- und Küchendienst zu beenden und schickte Curly ins Bett.

In dieser Nacht – die Lampen waren längst aus – lag Curly auf seiner Koje und dachte an London. Seine kleine Ecke bei Spuds im Lagerhaus war kalt und dreckig, und Spuds hatte ihn manchmal sogar geschlagen; aber das Leben dort war ihm vertraut. Curly sehnte sich nach dem Straßenleben zurück, wo er tun und lassen konnte, was ihm gefiel. Diese Burschen hier hielten sich alle für schlau; aber er war sicher, dass sie niemals in den Straßen Londons überleben könnten.

Dabei wusste Curly nicht, dass noch eine ganze Reihe von Jungen aus Städten wie London oder Bristol

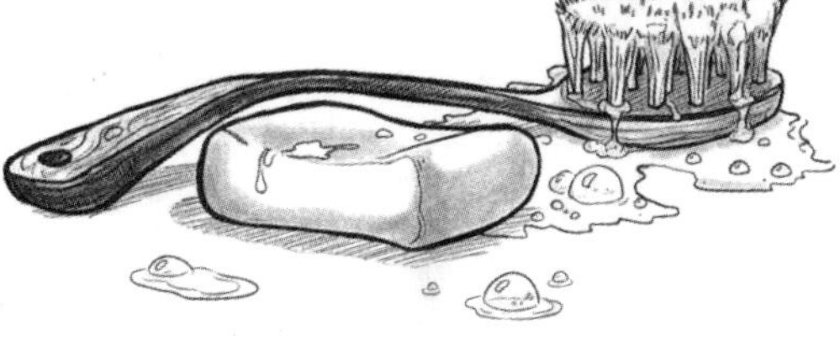

oder Birmingham kamen, natürlich waren auch manche aus kleinen Städten oder vom Lande. In England gab es damals wenige Waisenhäuser, und die waren für die Kinder von Wohlhabenden reserviert. Arme Kinder mussten betteln und auf den Straßen zugrunde gehen, wenn sie Waisen wurden, oder man steckte sie in Arbeitshäuser, wo sie auch bald starben, weil sie zwölf oder fünfzehn Stunden täglich schwer arbeiten mussten; außerdem waren dort die Ernährung und die sanitären Verhältnisse höchst beklagenswert.

Georg Müller gründete seine Waisenhäuser, um den armen Kindern in England zu helfen – Mädchen und Jungen wie Curly. So war er also durchaus nicht der Einzige seiner Art dort in Ashley Downs. Aber diese erste Nacht kam er sich dort einsamer vor, als wenn er in einer Mülltonne in der großen Stadt oder hinter einem Straßenbaum gelegen hätte.

Früh am nächsten Morgen holte der Heimleiter Curly aus dem Bett und schickte ihn los, sich neues Zeug anpassen zu lassen – Schuluniformen, wie alle Jungen sie hier trugen.

Curly fühlte sich eigenartig. Die drei Hosen und Jacken, die er erhielt, waren nicht neu – vielleicht waren sie einem der Waisenkinder zu klein geworden – aber sie waren sauber, ordentlich und heil. Selbst seitdem ihm Spuds Geld für neue Kleidung gegeben hatte, besaß er nie mehr, als was er am Leibe trug.

»Aber zuerst musst du baden«, ordnete der Heimleiter an und schickte Curly in einen Raum im Keller, wo ein Zuber stand, in dem reichlich warmes Wasser dampfte. »Wenn du das nicht ordentlich machst«, warnte ihn der Mann, »wird dir Frau Bentley mit der Bürste das Fell schrubben, dass du hinterher so rot wie eine Rose aussiehst – mach's also gleich richtig.«

Erschreckt von dem Gedanken, eine fremde Frau solle ihn baden, schrubbte sich Curly sauberer als er je im Leben gewesen war. Dann zog er sich das Zeug an, mit dem er nach Ashley Downs gekommen war. Gerade war er fertig und wollte sich seine Schuhe anziehen, als eine ziemlich korpulente Frau hereinkam. »Diese Stadtkleider musst du ausziehen. Hier tragen alle Schuluniformen«, sagte sie in befehlendem Ton.

»Aber sie gehören mir, und sie sind neu«, wendete Curly ein.

»Ja. Okay. Ich werde sie in einer Schachtel für dich verwahren; aber hier bei uns hast du die Sachen nicht nötig. Hier gibt's nur Schuluniformen. Nun mach schon, zieh dich um, sonst kommst du zu spät zum Frühstück. – Allerdings weiß ich nicht, was die heute essen wollen«, murmelte sie noch. »Gestern Abend war nichts in der Küche.«

Curly wechselte seine Kleidung und blickte an der braunen Kordhose und der blauem Jacke runter. Er fühlte sich elend in dem Zeug. Es war zum Bauchwehkriegen, und es lief ihm kalt über den Rücken. Doch ging er tapfer in den Speisesaal und stand hinter der Bank, auf der er gestern Abend auch gesessen hatte. Alle warteten, bis Mr. Müller gebetet hatte, bevor sie sich hinsetzten.

»Was meinst du, was gibt's heute?«, fragte ein Junge neben ihm.

Curly zuckte mit den Schultern; aber der Junge gegenüber sagte: »Gestern gab's Brot, den Tag zuvor Apfelmus. Wette, es gibt wieder Brot.«

Kurz darauf kamen die Tischdienst-Jungen aus der Küche mit Töpfen voll Brei, den sie in die Schüsseln füllten. Tee wurde eingegossen, und Curly aß, bis er satt war.

»He, du siehst jetzt aus wie einer von uns«, sagte der Junge von gegenüber. »Woher bist du?«

»London«, sagte Curly.

»Chester ist auch aus London«, sagte darauf der Junge.

Curly tat gelangweilt, als wollte er nicht angeredet sein. Darum fragte er so gleichgültig wie möglich; »Wer is'n Chester?«

»Das ist der Junge, mit dem du dich gestern Abend gekloppt hast, bevor du Roger verhauen hast.«

Curly erinnerte sich schwach an den Jungen, den er sich zuerst geschnappt hatte, vielmehr interessierte ihn aber die Ansicht des Sprechers, er habe Roger »verhauen«. Einige Vorteile gegenüber dem Größeren hatte er sicher gehabt; aber der Heimleiter hatte den Kampf abgebrochen, bevor er richtig zeigen konnte, was in ihm steckte.

»Ja«, sagte Curly gedehnt, »ich erinnere mich. Aus London sagst du, kommt er? Und woher bist du?«

»Aus Bristol. Meine kleinen Geschwister sind auch hier in Ashley Downs.«

Curly wurde einen Augenblick ganz trübsinnig: »Ich wünschte, dass meine Schwester auch hier wäre!« Aber schnell verscheuchte er solche Gedanken. Er wollte ja selbst nicht einmal hier sein. Aber irgendwie – tief drinnen – hätte er seine Schwester doch gern in Ashley Down gesehen ... da wäre sie in Sicherheit.

Die Schule war eine neue Herausforderung für Curly. Nie zuvor hatte er einen Klassenraum von innen gesehen, und den ganzen Tag still zu sitzen und zu lernen, fiel ihm schwer. Viele andere Kinder in Ashley Downs waren früher auch nie zur Schule gegangen; aber das wusste Curly nicht, und so kam er sich ziemlich dumm vor.

Zahlen waren da doch etwas ganz anderes. Wer auf der Straße lebte, musste mit dem Abziehen und Zuzählen umgehen können, und so war Curly im Rechnen nicht schlechter als die meisten seines Alters. Gerade jetzt fingen sie an, das Einmaleins zu lernen.

Es dauerte nur wenige Tage, bis er die Jungen in seinem Schlafsaal durch seine Akrobaten-Kunststücke für sich gewonnen hatte. Viele lagen ihm in den Ohren, ihnen zu zeigen, wie man Saltos macht oder auf den Händen läuft. Als es Frühjahr wurde, hatte er richtige Unterrichtszeiten nach der Schule dafür eingerichtet. Als Bezahlung nahm er kleine Münzen, Briefmarken oder Dienstleistungen entgegen. Dadurch galt er etwas bei den Jungen, nur Roger blieb ihm feindlich gesonnen, allerdings blieb er immer auf Abstand zu Curly und vermied alles, was zu einem neuerlichen Kampf mit dem allseits bewunderten Neuen hätte führen können.

Nachts, wenn alles dunkel im Schlafsaal war, träumte Curly oft davon, heimlich Ashley Downs zu verlassen. Er beschloss, wegzulaufen, sobald er genug Geld und Nahrungsmittel gesammelt hatte. Dann wollte er nach London zurück. Eines Nachts kam ihm eine noch viel bessere Idee: Ich bin sicher, Spuds hat der Polizei nicht verraten, wo er das Geld versteckt hat, dachte Curly. Aber er steckt im Gefängnis, und das Geld ist immer noch da. Ich könnte einfach ins Lagerhaus gehen und es mir holen.

Von da an hatte Curly nichts anderes mehr im Sinn, als nach London zu kommen. Dort wollte er sich ins Lagerhaus schleichen, den losen Stein herausziehen und das dort sicher noch liegende Geld wegnehmen. Dann konnte er den Rest des Lebens wie ein König leben.

Dann hatte Curly eine andere Idee. Er könnte etwas zusätzlichen Proviant für die Reise organisieren und dazu eine Bande gründen, mit der er die Küche überfallen würde. Das brächte ihm auch bei den Jungen noch mehr Hochachtung ein, weil sich nur wenige trauen würden, dabei mitzumachen. Als Curly ihnen seinen Plan unterbreitete, schlossen sich ihm John, der Junge, der ihm gegenüber saß, und Chester an.

»Wir warten, bis heute nacht alles schläft«, sagte Curly, »dann schleichen wir hinunter und rauben die Küche aus.«

»Warum nicht die Küche des Heimleiters?«, schlug Chester vor. Er hatte Curly schon lange vergeben, dass er ihn gleich am ersten Tag an die Wand geknallt hatte. Jetzt genoss er den »Ruhm« ein Londoner zu sein wie Curly. »Die haben sicher etwas Besseres als wir es kriegen.«

In dieser Nacht schlief Curly beim Erwarten der Dunkelheit ein. Schließlich weckte ihn John, indem er ihn sanft an der Schulter rüttelte. »Meinst du immer noch nicht, dass jetzt alle schlafen?«, flüsterte er.

»Wie spät ist es?«, fragte Curly.

»Ich hörte die große Uhr unten elf schlagen.« »Das sollte genügen«, flüsterte Curly. »Wo ist Chester?«

»Noch im Bett.«

Die beiden Jungen rüttelten ihren Komplizen wach, dann schlichen sie vorsichtig durch den langen Raum, wobei sie darauf achteten, nicht gegen Stiefel oder Bücher zu treten, die vielleicht jemand im Gang liegen gelassen hatte.

Unten an der Treppe wendeten sie sich und krochen die dunkle Eingangshalle entlang. Plötzlich ging eine Tür auf und ein Lichtstrahl erschien auf dem Boden – er wurde breiter, und dann kam Frau Bentley im Morgenmantel und mit einer Schlafhaube heraus.

Die Jungen drückten sich platt an die Wand und hofften sehnlich, sie würde in die andere Richtung gehen. Stattdessen kam die runde Hausmeisterin auf sie

zu. Doch die Tür quietschte leise in den Angeln und ging zu. Der große Flur lag wieder völlig im Dunkeln. Mrs. Bentley schlurfte auf sie zu, wobei sie eine Melodie vor sich hinsummte.

Curly hatte auf jeden der beiden anderen eine Hand gelegt. John war mäuschenstill; aber bei Chester merkte er, wie ihm der Mut verloren ging, weil er sich immer mehr zurückzog. Darum fasste ihn Curly fest am Arm und drückte ihn gegen die Wand. Ihre einzige Chance bestand darin, ganz ruhig zu bleiben und zu hoffen, dass Mrs. Bentley im Dunkeln an ihnen vorüberging. Würde Chester weglaufen wollen, hätte die Frau sie sicher entdeckt.

Es dauerte nur Augenblicke, dann war sie vorüber, bog um die Ecke und verschwand im Waschraum.

Schnell huschten die Jungen zur anderen Seite hin, wo die Küche des Heimleiters lag. »O nein!«, flüsterte John, »sie ist abgeschlossen.«

»Was hättest du denn gedacht?«, sagte Curly. »Darum hab' ich dies hier mitgebracht.« Dabei holte er ein Tischmesser aus der Tasche. Aber es war so dunkel, dass niemand etwas sehen konnte.

»Was haste mitgebracht?«, flüsterte John.

»Mein Einbrecherwerkzeug«, sagte Curly wichtig und machte sich an die Arbeit. Erst gab es ein kratzendes Geräusch, dann einen Klick. Der Griff drehte sich, und die Tür war offen.

Nach der Schwärze in dem Flur, fanden sie die Küche in ein unheimlich bläuliches Licht getaucht, das von dem Mond kam. Nachdem sie Tür geschlossen hatten, erforschten die Jungen die Regale. Aber alles, was sie fanden, war ein kleiner Beutel mit Haferflocken und ein paar Äpfel.

»Die sollten wir lieber liegen lassen«, sagte John, als Curly sie zu verteilen begann. »Sie werden sie morgen vermissen und dann wissen, dass jemand hier war.«

»Ist mir doch egal«, sagte Curly dreist; aber die anderen beiden wollten nicht.

Die jungen Raubritter suchten oben und unten alles ab; aber die ganze Küche war sonst leer.

Kurz bevor sie zum Schlafsaal zurückkamen, vereinbarten die drei für morgen, es in der Hauptküche zu versuchen. »Da muss ja was zu essen sein«, sagte Curly, bevor sich die Jungen trennten.

Aber in der nächsten Nacht, als es ihnen geglückt war, in die große Küche des Jungenhauses zu kommen, fanden sie wieder nichts. »Wo können die Sachen sein?«, fragte sich Curly ärgerlich. »Irgendwo verstecken sie die Nahrungsmittel – sowas aber auch! Die müssen wir finden.«

Nach einigen Augenblicken sagte John nachdenklich: »Mr. Müller hat uns erzählt, dass Gott uns jeden Tag unser Essen gibt … wie im Vaterunser: ›Unser täglich Brot gib uns heute.‹ Ich hab das nie wörtlich genommen – aber vielleicht …?«

»Unsinn«, unterbrach ihn Curly. »Das Vaterunser meint nicht jeden einzelnen Tag aufs Neue.« »Das wäre ja nicht sicherer als in London auf der Straße«, dachte er bei sich. »Irgendwo muss eine volle Speisekammer sein, wo Fässer mit Räucherfleisch, Säcke mit Mehl und große Wannen voll Moorrüben und Kartoffeln sind.«

»Glaub ich nicht«, sagte Chester. »Nirgends habe ich ein volles Lagerhaus gesehen. Wenn ich Küchendienst habe und die Kartoffeln schäle, schäle ich alle, die da sind, und die essen wir alle am gleichen Tag noch auf.«

»Das kommt mir alles reichlich komisch vor«, sagte Curly verwirrt und ärgerlich zugleich. »Lasst uns man gehen!«

ERTAPPT

Curly entschloss sich, seine Bande nicht mehr zu einem Streifzug mitzunehmen, bis er nicht herausgefunden hatte, wo das Essen war. Wenn sich erst herumspricht, dass er nicht einmal ein wenig zu essen findet, steht er wie ein Tölpel da.

Den ganzen Sommer über hatte er ganz Ashley Downs durchsucht, sooft er Gelegenheit dazu hatte. Wenn er in eins der anderen Waisenhäuser geschickt wurde, um dort etwas zu bestellen, machte er gewöhnlich jede Tür auf, wenn niemand dabei war. Wie manche Nacht war er ganz allein unterwegs, um die verschiedenen Küchen zu untersuchen – die vom Kleinkinderhaus und von den verschiedenen Jungenhäusern; ja selbst in den Mädchenhäusern war er gewesen. Er wusste dass er ernsthaft bestraft würde, fände man ihn dort während der Nacht; aber er wollte unbedingt wissen, wo sie die Nahrungsmittel aufbewahrten. Ums Stehlen ging es ihm gar nicht mehr in erster Linie. Das Ergebnis jedoch war immer dasselbe:

Nie fand er mehr Essen, als für den nächsten Tag benötigt wurde.

Dann, eines Nachts im September, war er bei seinen Streifzügen in das Haus gekommen, in dem Mr. Müller wohnte. Er drückte die Klinke herunter. Die Tür war unverschlossen. Geräuschlos trat er ein. Natürlich gab es bei dem alten Mann keine Küche – er aß immer in einem der Waisenhäuser mit den Kindern. Aber vielleicht fand Curly doch etwas. »Mensch«, dachte er plötzlich, »vielleicht hebt er alles hier bei sich auf!«

Als Curlys Augen sich an das schwache Licht in dem kleinen Raum gewöhnt hatten, der wie ein Wohnzimmer aussah, konnte er durch einen Türspalt Mr. Müller erkennen, der vor seinem Bett kniete und laut zu beten anfing. Dieser Raum war klein und nur mit einem winzigen Tisch, einem Schaukelstuhl mit hoher, steifer Lehne und einem einfachen Bett ausgestattet. Auf dem Tisch flackerte eine Kerze. Gerade wollte sich Curly leise zurückziehen, als er hörte, wie Müller, der ihm den Rücken zugekehrt hatte, um Nahrung für seine Kinder betete.

»O Herr!«, flehte Müller mit tiefem Ernst, »Du weißt, dass wir kein Geld haben, und schon für morgen ist kein Essen da.«

Plötzlich hörte er zu beten auf und sagte, ohne sich umzudrehen: »Komm her, junger Mann. Du kannst mir beten helfen.«

Curly erfasste kalter Schrecken, als er sich von Georg Müller ertappt sah. Wenn er jetzt sofort aus der Tür flitzte, würde der alte Mann sicher nicht wissen, wer er war; denn einholen konnte er ihn bestimmt niemals. Er wollte sowieso nach London; warum nicht heute Nacht? Aber irgendwie schienen seine Füße am Boden festzukleben.

Mr. Müller wandte sich um. »Komm, Curly. Steh nicht nur so da.« Ohne es recht zu wollen, trat er zaghaft in den kleinen Raum und wunderte sich, dass

Mr. Müller seinen Namen kannte, wo doch Hunderte von Jungen in den Waisenhäusern lebten. »Kniest du, wenn du betest?«, fragte der alte Mann und schaute den Jungen an.

Curly zuckte mit den Schultern.

»Ich tu's auch nicht gern«, sagte Müller. »Dabei will ich zugeben, dass man sich dann besser konzentrieren kann; aber meine alten Knie können das nicht lange aushalten. Ich glaube, nur Gott weiß, was besser ist – länger oder intensiver beten. Hier, setzt dich hin«, dabei zeigte er auf sein Bett, »ich nehme den Schaukelstuhl.«

Curly saß steif auf der Bettkante, immer auf dem Sprung, aus der Tür zu flitzen. Aber der alte Mann begann langsam zu schaukeln, wobei seine Hände die Stuhllehnen umfassten. »Nun bist du schon fast ein Jahr hier, stimmt's?«

Curly nickte kaum sichtbar.

»Kannst du dich erinnern, was ich dir damals zu erzählen versprochen habe?«, fragte er schließlich.

Curly dachte kurz nach. Mr. Müller hatte was Komisches vom Gefängnis gesagt; aber er wollte nichts davon erwähnen. Vielleicht war es ja ein Missverständnis. Auch konnte der alte Mann denken, Curly wollte ihn mit irgendwelchen Verbrechen in Verbindung bringen. Darum sagte er: »Wir sprachen über die Nacht, die ich in der Zelle verbracht habe.«

»Stimmt; und ich sagte dir, dass ich kaum älter als du war, als ich die erste Nacht im Gefängnis verbrachte. Aber es blieb nicht bei der einen Nacht. Damals war ich ein schlimmer Lümmel.« Er saß wieder da, schwieg und schaukelte, während Curly das flackernde Kerzenlicht beobachtete.

Curly hätte gern mehr gewusst; aber weil er sich in seiner Haut gar nicht wohlfühlte, schwieg er lieber.

Schließlich sagte Müller: »Ich wohnte in der Nähe des Wolfenbütteler Schlosses, als ich es mit der Polizei zu tun kriegte. Ich war erst sechzehn, aber ich führte ein Leben weit über meine Verhältnisse. So hatte ich schnell einen Haufen Schulden. Ich konnte meine Wirtsleute nicht mehr bezahlen, und darum zeigten sie mich an. Ich hatte tatsächlich keinen Pfennig mehr; dabei sollte ich die höhere Schule besuchen, um Pastor zu werden. Ich aber hatte alles Geld bei Kartenspiel und Saufereien ausgegeben. Das Ende war, ich wanderte ins Kittchen.«

Der alte Mann schaukelte sacht vor sich hin. »Was passierte dann?«, wagte Curly schließlich zu fragen.

»Ach, du liebe Zeit! Ich saß da in der dumpfen, finsteren Zelle mehrere Wochen lang – das Essen war miserabel. Schließlich begann ich, über mein Leben nachzudenken und wie verkommen ich war. Ich hatte meinen eigenen Vater bestohlen; denn schon seit zwei Jahren zog ich von einer Party zur anderen. Tagelang musste mein Vater mich zum Beispiel suchen, um mir zu sagen, meine Mutter sei sterbenskrank. Ich spielte weiter Karten und betrank mich bis Sonntag früh um zwei, als ich nach Hause torkelte. Dort traf ich auf meinen trauernden Vater, der mir sagte, meine Mutter sei in dieser Nacht gestorben.«

Curly machte vor Schreck große Augen.

»Damals konnte nicht einmal das mich beeindrucken. Während der nächsten zwei Jahre studierte ich gelegentlich; doch die meiste Zeit verbrachte ich mit Nichtstun. Ich las Romane, betrank mich in den Kneipen und machte zwischendurch schwächliche Versuche, mich zu bessern. Aber diese guten Vorsätze waren schnell wieder vergessen, und ich trieb es übler als zuvor.

Erst als ich für einige Wochen in der Zelle saß, begann ich über mein Leben ernsthaft nachzudenken. Nichts taugt besser dazu als vier kahle Kerkermauern und eine verschlossene Tür.«

»Wie – wie sind Sie rausgekommen?«, fragte Curly.

»O, daran kann ich mich gut erinnern. Es war am 12. Januar 1822, als ein Wärter den Riegel von der Tür zog und sagte: ›Du sollst auf die Wache kommen. Folge mir!‹ Als ich dort erschien, sagte der Beamte, mein Vater habe Geld geschickt und alle meine Schulden für mich bezahlt. Ich könnte also gehen.«

»Sie müssen aber einen guten Vater gehabt haben«, sagte Curly leise.

»Ja und nein«, antwortete Müller. »Er kaufte mich frei; aber er vergab mir das nie. – Gott macht es ganz anders. Ich wusste, dass mein Vater mich verachtete, und darum hasste ich mich selbst, und weil ich mich selbst nicht leiden konnte, blieb ich dabei, es so wüst zu treiben wie zuvor, höchstens noch schlimmer. Ich habe sogar meine Freunde bestohlen.«

»Klar!«, sagte Curly. »Gott wird nie seine Freunde bestehlen.«

»Nein, nein, gewiss nicht.« Der alte Mann lächelte. »Aber das meine ich nicht. Ich wollte sagen, wenn Gott uns rettet, dann vergibt er uns auch, und das macht uns fähig, ein neues Leben anzufangen.« Er schaukelte vor und zurück und fügte hinzu: »Selbstverständlich müssen wir unsere Schuld einsehen und seine Vergebung annehmen und Christus bitten, in unseren Herzen zu wohnen.«

»Aber genug gepredigt«, sagte Müller auf einmal. »Du bist hier, um mir beim Beten zu helfen, fangen wir also an.«

Der alte Mann beugte sich vor, faltete die Hände und begann von Neuem, Gott um die Versorgung der Waisenhäuser für den nächsten Tag zu bitten. Nach einigen Minuten intensiven Gebets hörte er plötzlich auf. Curly fürchtete schon, er solle nun beten. So hielt er die Augen fest geschlossen, bis Mr. Müller sagte: »Weißt du, warum ich diese Waisenhäuser gründete?«

»Wa – was?«, stotterte Curly, als er begriff, dass Müller mit ihm sprach.

»Ich sagte, ob du weißt, warum ich diese Waisenhäuser gegründet habe?«

Curly dachte einen Augenblick nach. Die Antwort schien klar: »Wegen der Kinder ... Um ihnen einen Ort zu geben, wo sie wohnen können.«

»Natürlich, ja. Das ist die eine Seite. Psalm achtundsechzig beschreibt Gott als Vater der Waisen. Darum, weil er versprochen hat, für die Elternlosen zu sorgen, lässt er es ihnen an nichts fehlen.«

Alles, was Curly von seinem Vater wusste, war, dass er ihr ganzes Geld vertrunken und sie geschlagen hatte. Auf die Güte eines Vaters zu vertrauen, erschien ihm höchst unvernünftig.

Georg Müller fuhr fort: »Vor sechsunddreißig Jahren begann ich, heimatlose Kinder aufzunehmen. Und seit der Zeit hat Gott aufgrund von Gebet Tausende von Kindern wie du eins bist, versorgt. Du brauchst morgen wieder etwas zu essen«, dabei zeigte er direkt auf Curly, »und ich habe nichts, dir zu geben; aber unserem guten Vater im Himmel gehört das Vieh auf tausend Bergen. Er kann uns alles geben, was wir brauchen. Wir müssen ihn nur darum bitten.«

Curly erinnerte sich an das, was John gesagt hatte, als sie versucht hatten, die eine Küche auszurauben.

»Sie meinen also, man muss so beten wie im Vaterunser: ›Unser täglich Brot gib uns heute‹?«

»Genau das meine ich«, sagte Mr. Müller mit strahlenden Augen. »Die meisten Leute glauben nicht wirklich, dass Gott Gebete erhört; ich tu es aber. Er hält seine Versprechen, und das wollte ich allen beweisen.«

»Was meinen Sie mit ›beweisen‹?«

»Gute Frage, Junge. Gewöhnlich gehen die Leute umher zu betteln, wenn sie für die Mission Geld gebrauchen, und sie sagen auch, wie viel sie nötig haben. Wenn ihnen dann jemand etwas gibt, glaubt niemand, dass es von Gott gekommen ist, sondern irgendein großzügiger Mensch hat es ihnen gegeben.«

»Aber hat er's denn nicht getan?«

»Vielleicht. Aber ich wollte zeigen, dass wirklich Gott es ist, der auf Gebete antwortet, damit man das nicht mit dem verwechselt, was jemand aus gutem Herzen spendet. Natürlich ist es Gott, der die Herzen großzügig macht, aber wie die Dinge nun mal sind, erhalten die Menschen den Ruhm, und nicht Gott. So habe ich zum ersten Mal einen Versuch gestartet. Weißt du welchen?«, fragte er und lehnte sich in seinem Schaukelstuhl zurück, während er auf Curlys Antwort wartete.

»Nein, Mr. Müller. Ich kann's mir nicht denken.«

»Ich beschloss, niemals einem Menschen von meinen Bedürfnissen zu sagen, der mir vielleicht hätte helfen können. Ich wollte nur mit Gott darüber reden.

Wenn dann jemand vorbeikam und die Not linderte, derentwegen ich gebetet hatte, dann musste es Gott sein, der es diesem Menschen eingegeben hatte.«

»Funktionierte das?«, fragte Curly höchst interessiert.

»Ja, sehr oft schickte Gott genau die für den Tag benötigte Summe. Wir haben selten einen Essensvorrat; aber wir sind niemals hungrig geblieben.« Er erhob sich aus seinem Schaukelstuhl und trat an den Tisch, von dem er eine zerlesene Bibel aufnahm.

»Ich will dich an diesem Experiment teilhaben lassen«, sagte er während er in der Bibel blätterte. Dann hielt er das Buch tiefer, damit das Kerzenlicht darauf fiel. Hier, hör zu, was in Matthäus 21, Vers 21 und 22 steht: ›Jesus aber antwortete und sprach zu ihnen: Wahrlich, ich sage euch: Wenn ihr Glauben habt und nicht zweifelt … alles, was immer ihr im Gebet glaubend begehrt, werdet ihr empfangen.‹

Nun ist es so, Curly, wir haben in keinem der Waisenhäuser etwas für morgen früh zu essen, und ich habe auch kein Geld, etwas zu kaufen; aber wir haben gebetet und Gott um ein Frühstück gebeten, haben wir doch? – Du und ich. So wollen wir sehen, ob Gott sein Versprechen hält oder nicht.«

Curly saß mit offenem Mund auf dem Bettrand. Sollte es wirklich wahr sein, dass es in Ashley Downs nichts zu essen gab?

»Du liebe Zeit«, sagte Mr. Müller plötzlich, »es ist schon nach zwei. Jetzt musst du aber schlafen gehen. Du brauchst deinen Schlaf.«

Am nächsten Morgen erschien Curly die »Gebetsversammlung« bei Mr. Müller wie ein seltsamer Traum. Doch beim Anziehen fiel ihm ein, dass nichts zum Frühstück da war. Er hatte mit der Zeit das Gefühl bekommen, dass Ashley Downs ein sicherer Ort war, manchmal wünschte er sogar, seine Schwester wäre hier – wenn er sie doch nur finden könnte! Aber wenn es nichts zu essen gab und auch kein Geld da war, könnte eines Tages das ganze »Experiment« wie Müller es nannte, zusammenbrechen. Er beschloss, es sei besser, abzuhauen und so bald wie möglich nach London zu reisen.

Fast kam er zu spät zum Frühstück, und er sauste auf seinen Platz, als Mr. Müller hereinkam. Teller und Becher waren wie gewöhnlich auf den Tischen und Mr. Müller hob die Hände zum Gebet. Curly merkte, dass seine Worte nicht so lauteten wie sonst. Anstatt zu sagen: »Lieber Vater, wir danken Dir für das, was Du uns heute morgen gegeben hast«, sagte er: »Lieber Vater, wir danken Dir für das, was Du uns heute morgen geben wirst.« Dann fügte Mr. Müller hinzu: »Kinder, lasst uns schweigend stehen bleiben, bis Gott uns mit Nahrung versorgt.«

Was war das? War das Experiment schon geplatzt? Gab es tatsächlich in Ashley Downs nichts zu essen? Mussten alle Kinder hungrig bleiben? Was sollte werden, wenn überhaupt kein Essen mehr kam, heute nicht und morgen nicht und dann auch noch nicht? Würde Müller die Waisenhäuser schließen und die Kinder sich selbst überlassen? Müller hatte gesagt, Gott sei der Vater der Waisen ... aber Curly kam es vor, dass Gott nicht vertrauenswürdiger als sein eigener Vater war.

Gerade in diesem Augenblick stürzte einer der Lehrer herein und rief Mr. Müller hinaus. Ein Fremder in Arbeitskleidung stand im Flur. Als Georg Müller auf ihn zuging, hörte Curly, wie der Fremde sagte: »Mr. Müller, ich bin ein Bäcker aus Bristol und konnte diese Nacht nicht schlafen. Irgendwie meinte ich, Sie hätten nicht genug Brot für das Frühstück, und unser guter Herr wollte, dass ich ihnen etwas schicke. So stand ich um zwei Uhr auf und backte frisches Brot, das ich auch mitgebracht habe.«

Curly blieb der Mund offen. Das war ja genau zu der Uhrzeit, als sie gebetet hatten ... Dann hörte er Müller sagen: »Vielen Dank; aber wir haben kein Geld, es zu bezahlen.«

»Bezahlen? Ich will kein Geld. Wie könnte ich Geld für Brot verlangen, das der Allmächtige mir zu backen befohlen hat?«

Müller wandte sich um in den Speisesaal und rief: »Kinder, wir haben nicht nur Brot, sondern den seltenen Genuss, frisches Brot zu essen. Curly, könntest du mit den anderen an deinem Tisch mit hinauskommen und abladen helfen? Passt auf, dass in jedes Haus die gleiche Menge kommt.«

Als Curly die letzten Brote auf seinen Arm lud, kam ein Mann die Einfahrt hinauf und fragte: »Sag mal, Junge, gehörst du zu dem Waisenhaus?«

»Ja, gewiss«, antwortete Curly

»Na, ich war mit all meinen Milchkannen unterwegs zur Stadt, als genau vor eurem Tor ein Rad brach. Nun muss ich meinen Wagen leichter machen, damit ich ihn reparieren kann. Aber ich mag die gute Milch nicht einfach weggießen. Meinst du, ihr im Waisenhaus hättet Verwendung dafür?«

Curly traute seinen Ohren nicht. Vielleicht hatte Mr. Müller Recht. Vielleicht war Gott doch ein guter Vater für alle, die sonst keinen Vater hatten.

WIRD DER HEIZKESSEL EXPLODIEREN?

Das »Frühstück vom Himmel« wie Georg Müller es nannte, machte ziemlichen Eindruck auf Curly. Mr. Müller hatte manche Geschichte über das Essen erzählt, wie Gott für die Kinder von Ashley Downs gesorgt hatte; aber jetzt hatte er zum ersten Mal wirklich zugehört.

Georg Müller hatte die Gewohnheit, den Kindern und anderen Leuten zu berichten, wie Gott für sie gesorgt hatte. Das tat er aber erst, nachdem Gott gehandelt hatte. Ja, er schrieb sogar Berichte darüber und reiste überall im Land umher und sprach in Gemeinden und vor anderen Gruppen darüber, wie das Geld immer im richtigen Augenblick zusammengekommen war. »Wie anders könnten die Leute erfahren, dass dies Experiment funktioniert?«, sagte er dazu. »Ich muss ihnen sagen, wie treu Gott ist; aber niemals werde ich um Geld betteln. Meine Sorgen sage

ich Gott; und den Leuten erzähle ich, wie er geholfen hat.«

Eines freitagnachmittags im November aber, berichtete er von einer Schwierigkeit, bevor Gott geholfen hatte. »Dies ist ein Notfall, in dem uns kein Mensch helfen kann«, sagte er beim Mittagessen. »Darum kann ich euch vor Gottes Eingreifen davon berichten. Ich bitte euch Kinder alle, dafür zu beten. Wie es scheint, ist der Heizkessel im Haus Nummer Eins plötzlich leck geworden. Der Schaden ist wohl ziemlich groß, und der Winter kommt heran. Wenn er nicht repariert wird, muss es bei den kleinen Kindern kalt bleiben, dann werden sicher viele krank. Schlimmer ist, wenn der Kessel trockenkocht, kann er explodieren. Ich weiß, dass unser liebender Vater nicht will, dass die Kleinen Not leiden, so müssen wir ihn bitten, uns zu helfen, den Schaden zu beseitigen.«

Dann erklärte er ihnen, dass eine Steinwand, die den Ofen umschließt, eingerissen werden muss, ehe man an dem Kessel etwas machen kann. Solche umfangreichen Arbeiten würden etliche Tage in Anspruch nehmen. Wenn es nun sehr kalt wird, müssen die kleinen Kinder dort arg frieren.

»Wir haben die Reparatur für nächsten Mittwoch vorgesehen«, erklärte er weiter. »Aber wie ihr seht«, und er zeigte zum Fenster, »kommt Sturm auf. Dieser Nordwind bringt scharfe Kälte. Es sieht aus, als ob dies schon der Winteranfang ist. So bitte ich euch, mit mir um zwei Dinge zu beten: dass Gott den kalten Nordwind in einen warmen Südwind verwandelt, und dass er den Handwerkern eingibt, zügig und gut zu arbeiten, damit die Sache schnell erledigt wird.«

Das war am Freitag. Am Sonnabend und Sonntag blies der kalte Nordwind noch heftiger. Curly fühlte sich wie ein Zuschauer bei einem Fußballspiel, der wünscht, seine Mannschaft möge gewinnen, aber keine Chance dafür sieht, nachdem er gemerkt hat, wie stark und überlegen der Gegner ist.

Am Montag und Dienstag war es nicht besser, im Gegenteil. Dienstagabend jagten dichte Wolken über den Himmel, alle rechneten sogar mit Schnee – und morgen sollte die Arbeit beginnen.

Nach dem Abendbrot versammelte der Heimleiter die Jungen um sich und ermutigte sie zum Beten. Manche taten es; doch Curly sagte kein Wort. »Wie konnte Gott ein liebender Vater sein?«, dachte er. »Ich glaub, er ist überhaupt nicht anders als mein Alter – er tut einfach, was ihm Spaß macht, einerlei, wie es uns dabei geht.«

Am späten Abend noch heulte der Sturm um das Haus. Curlys Träume jagten ihm Angst ein. Er sah seinen Vater. Es war Weihnachten, und obwohl sein Vater betrunken nach Haus gekommen war, hatte er den Kindern Zuckerstangen mitgebracht, die er an alle verteilte. Aber wie er so durch die Küche schwankte, fiel er über einen Besen, den Curlys kleine Schwester liegengelassen hatte. Der Vater brüllte vor Schmerz und Zorn, riss den Kindern die Zuckerstangen wieder aus den Händen und warf sie in das Kaminfeuer.

Curly wachte soweit auf, dass er merkte, nur geträumt zu haben – ja, oder hatte er das wirklich erlebt? Er merkte, dass er nicht mehr in seinem Elternhaus war; aber der Traum hatte in ihm die gleichen Gefühle erweckt, die er oft gehabt hatte, als er noch klein war. Bis er endlich wieder einschlief, dachte er darüber nach, ob es ein Traum war, oder ob er das wirklich erlebt hatte.

Am Morgen wurde Curly von den Jungen geweckt, die laut riefen, vor den Fenstern herumhüpften und nach draußen zeigten. Der Traum war vergessen. Er sauste aus dem Bett und rannte zu den anderen. Die Sonne schien und der Wind hatte sich gedreht. Er kam aus dem Süden und wehte so sanft, dass man meinen konnte, der Frühling und nicht der Winter fange nun an.

Alle Waisenkinder waren in froher Erregung, als die Handwerker mit ihrem Wagen voll Werkzeug und Ersatzteilen anrückten. Beim Frühstück dankte Mr. Müller Gott für das schöne Wetter, wie auch für das Essen. »Er ist ein treuer Vater«, erinnerte er die Kinder, »besonders für solche, die keinen Vater haben.«

Wie schon manchmal ärgerte sich Curly über Müllers Worte. Heute wurde er richtig zornig. Je mehr er von Gotte Güte in Ashley Downs zu sehen bekam, um so wütender wurde er über ihn wegen seines eigenen Lebens. Mit sechs war er schon ein Waisenkind, und bis dahin war er der Sohn eines Menschen, der ihn und die ganze Familie schlug und sich dann totgetrunken hat. Unangenehme Erinnerungen an den Vater, die er jahrelang verdrängt hatte, kamen wieder hoch, und das immer häufiger und so heftig, als sei alles gestern erst geschehen.

Eine Sache war ihm besonders lebendig in der Erinnerung geblieben. Seine Mutter lag krank zu Bett. Darum bat sie Curly, das Feuer in Gang zu halten; doch er hatte es vergessen. Als sein Vater spät abends betrunken heimkam, schlug er die Mutter, weil das Haus kalt war.

Curly wollte an all das an diesem strahlenden Novembertag nicht denken. Man hatte ihn beauftragt aufzupassen, dass die Kleinen aus Haus Nr. 1 nicht in die Nähe des gefährlichen Kessels kamen und auch nicht den Handwerkern zwischen den Beinen herumliefen, wenn sie zwischen ihrem Wagen und der Baustelle hin- und herrannten.

Die Arbeit ging zügig voran. Zuerst brachen die Männer die Mauer mit ihren Vorschlaghämmern und Stemmeisen ab. Curly beobachtete die Kinder. Immer wieder durchzuckte es ihn, wenn ein Mädchen mit blonden Haaren und im richtigen Alter an ihm vorbeilief: »Das könnte meine Schwester sein.« Natürlich, bei genauerem Hinsehen stellte sich das jedesmal als Irrtum heraus; aber immer wieder musste er denken: »Wenn ich sie jemals auffinde, wie sie auf der Straße lebt und keine Familie hat, die es gut mit ihr meint, werde ich sie hierher bringen.«

Gegen Mittag hatten die Handwerker die lecke Stelle gefunden. »Ich glaube, wir können eine neue Platte aufnieten. Das dürfte nicht allzu lange dauern«, sagte der Vorarbeiter zu Georg Müller, als der vorbeikam, um zu sehen, wie es mit der Arbeit voranging. »Aber es wird noch ein Tag nötig sein, um die Mauer wieder aufzubauen.«

Am Nachmittag kam der Chef der Baufirma und fragte die Arbeiter, ob sie heute länger arbeiten, und morgen früh rechtzeitig anfangen würden, damit die Arbeit fertig wird, bevor das kalte Wetter wieder einsetzt.

»Wir haben uns schon abgesprochen«, sagte der Vorarbeiter. »Wir werden die ganze Nacht durcharbeiten.« Seine Kollegen nickten. »Diese Kinder müssen's warm haben; darum ist es das Beste, wir machen einfach weiter heute Abend.«

Curly traute seinen Ohren nicht. In seiner Erregung lief er zu Mr. Müller: »Stellen Sie sich vor, Mr. Müller!«, sagte er, als er den alten Mann fand: »Gott hat auch den zweiten Teil Ihres Gebets erhört. Gott hat diesen Leuten eingegeben, ganz flott zu arbeiten.«

»Du kannst Recht haben, Curly. Es scheint, als ob sie gute Arbeit leisten und prächtig vorankommen.«

»Nein, nein, das ist es nicht allein. Sie haben sich gerade eben verabredet, freiwillig die Nacht durchzuarbeiten, damit alles fertig ist, wenn die Kälte wiederkommt.«

In dieser Nacht plagten Curly widerstreitende Gefühle und Gedanken. Vielleicht war Gott ja doch ein liebender Vater, wie Georg Müller immer sagte. Man musste auch zugeben, dass er Mr. Müllers Gebete ganz offensichtlich erhörte. »Aber mein Vater ist er nicht«, dachte Curly. »Georg Müller mag er wohl helfen; aber mir hilft er niemals. Ich geh doch lieber auf Nummer sicher und hole mir in London das Geld. Dann kann ich für mich selbst sorgen.«

ABSCHIED

Inzwischen hatte Curly mehr als zwei Pfund aufgespart, und er meinte, das reichte aus, um nach London zurückzukommen. Er hatte keine Vorstellung, was die Fahrt in der öffentlichen Postkutsche kosten würde, jedenfalls wollte er fahren, soweit es ging, und den Rest zu Fuß erledigen.

Um Mitternacht – fast ein Jahr, nachdem er nach Ashley Downs gekommen war – schlich Curly leise aus dem Schlafsaal. Draußen angekommen rannte er auf eines der großen Tore von Ashley Downs zu. Es war kalt und dunkel; aber ein wenig konnte man sehen, weil der Vollmond hinter den Wolken stand.

Als Curly das Tor erreicht hatte, fand er es verschlossen. Kein Problem. Schnell kletterte er hinauf und schwang sich auf die andere Seite, als er eine wohlbekannte Stimme hörte: »Bravo! Aber wohin so spät, junger Mann?«

Curly blieb wie angewachsen am Tor hängen. »Nirgends«, brummte Curly. Er wusste nicht, was er Mr. Müller antworten sollte.

»Ganz sicher bist du in einer Nacht wie dieser nicht gekommen, um mich nach Hause zu begleiten. Steig runter und zeig, wer du bist.«

Curly ließ sich zu Boden fallen. Jetzt hatte Mr. Müller ihn das zweite Mal erwischt. Nun hätte er einfach fortlaufen können; aber stattdessen drehte er sich um und blickte zu dem alten Mann auf.

»Es ist zu dunkel um dich zu erkennen, so musst du mir sagen, wie du heißt.«

Lügen hatte keinen Zweck. »Mr. Müller, ich bin's, Curly Roddy.«

»Worauf willst du denn los? Hast du jemand, der auf deinen Besuch wartet, Mr. Roddy?«

»Nein, nein!«

»Worum geht es dir denn?«

»Ich will weg.«

»Weg? Gefällt es dir in Ashley Downs nicht mehr?«, fragte Müller, machte aber keine Bewegung, um Curly festzuhalten. Stattdessen zog er den Schlüssel heraus und schloss das Tor auf.

Curly schluckte: »Das ist es nicht; aber ich möchte auf eigenen Füßen stehen.«

»Eigenartig, wie ich mich erinnere, hast du das schon früher lange genug ausprobiert. Du weißt, was auf dich zukommt. Ich kann mir nicht vorstellen, dass das Straßenleben angenehmer ist als hier zu wohnen; aber du kannst gehen, wenn du willst. Dies hier ist schließlich kein Gefängnis. Du hättest auch bei Tage gehen können ... und in deinen eigenen Sachen, möchte ich noch bemerken. Ist das nicht die Waisenhaus-Uniform, die du anhast?«

Curly blickte an seiner blauen Jacke und der braunen Hose hinunter. »Mr. Müller, ich wollte das nicht stehlen.«

»Das will ich hoffen. Aber sie gehört dir; du kannst sie tragen, wenn sie dir gefällt. Aber ich meine, deine alten Sachen würden dir in der Welt draußen besser stehen. Warum kommst du nicht für diese Nacht mit mir hinein? Morgen kannst du deine eigene Kleidung bekommen, schön bei uns Frühstück essen und dann bei Tageslicht losgehen.« Daraufhin ging Mr. Müller durch das Tor und hielt es für Curly offen.

Der stand da und überlegte fieberhaft, ob es klüger sei, bis morgen zu warten, oder gleich abzuhauen. Doch dann siegte das Zutrauen zu Mr. Müller. Er würde ihn bestimmt morgen gehen lassen, wenn er es wollte. Der alte Mann hatte ihn nie betrogen. Und doch – wenn er zurückginge, sähe es aus, als habe er aufgegeben, wo er doch so lange gespart und geplant hatte.

Immer noch stand Müller in der offenen Tür und wartete auf ihn. Mit einem Seufzer ging Curly durch das Tor zurück und folgte Mr. Müller, der ihn zum Schlafsaal brachte.

»Du gehst jetzt nach oben ins Bett, und sagst niemand von unserem kleinen Abenteuer heute Abend. Wenn du morgen früh noch so denkst wie heute, werden wir weitersehen. Jetzt, Gute Nacht! Ich muss noch viel beten heute.«

Curly antwortete nichts, fürchtete aber sehr, Müllers »vieles Beten« ginge darum, dass Gott ihn – Curly – vor dem Weglaufen bewahren sollte. Und weil Gott

Müllers Gebete so oft erhörte, schien ihm das gefährlich zu sein. Aber er war entschlossen, sich durch nichts aufhalten zu lassen.

Am nächsten Morgen ging er sofort zu Georg Müllers Wohnung und klopfte. »Herein!«, sagte der alte freundliche Mann.

»Ich möchte weg«, sagte Curly kurz und bündig.

»Das habe ich mir gedacht. Darum habe ich Frau Bentley beauftragt, deine Sachen vom Boden zu holen. Sie sehen nicht allzu schäbig aus.« Dabei blickte er Curly so durchdringend an, dass der Junge dachte, Mr. Müller wüsste, dass die Klamotten von dem gestohlenen Geld gekauft waren.

Curly nahm die Kleidung entgegen und fühlte sich plötzlich sehr schuldig.

»Wir sehen uns beim Frühstück«, sagte Müller, als Curly aus dem Zimmer lief. Er entschied sich, sein Straßenzeug erst nach dem Frühstück anzuziehen. Dann brauchte er nicht jedem auf die Nase zu binden, was er vorhatte.

Nach dem Essen rief Mr. Müller Curly nach vorn. »O nein!«, dachte der, »was macht er jetzt? Wird er mich vor versammelter Mannschaft bestrafen?« Trotzdem erhob er sich und ging nach vorn, wo Georg Müller ihn erwartete.

»Kinder«, sagte Mr. Müller, »ihr kennt alle Curly Roddy. Er ist nun fast ein Jahr bei uns; aber heute will er uns verlassen. Wir werden dich sehr vermissen, Curly, und wollen dich wissen lassen, dass du hier immer willkommen bist. Aber bevor du gehst, wollen noch zusammen beten.«

Er legte seine Hand auf Curlys Kopf und sagte dann: »Lieber Vater, Du liebst Curly noch viel mehr als ich es kann, und so bitte ich Dich, für ihn zu sorgen, wohin immer er geht und bei allem, was er tut. Bewahre ihn

vor Sünde und Krankheit und gib ihm immer, was er nötig hat …«

Curly konnte nicht fassen, wie freundlich der alte Mann für ihn betete. Georg Müller versuchte nicht, ihn zu halten, sondern segnete ihn und betete, Gott möge ihm alles Gute zukommen lassen. Der Junge war so überrascht, dass er während des Gebets die Augen öffnete und Müller ansah. Große Tränen rannen über dessen faltiges Gesicht, und plötzlich begriff Curly: Hier war einer, der ihn wirklich lieb hatte. Das war die größte Erfahrung seines Lebens.

Er hörte gar nicht mehr, was Müller sonst noch betete. Ihn bewegten vielmehr all die vielen Worte, die Müller bisher schon über Gott als einen liebenden Vater gesagt hatte. »Hätte ich einen Vater wie Mr. Müller gehabt«, dachte Curly, »könnte ich auch glauben, dass Gott ein liebender Vater ist.« Er verstand nicht, dass Gott ihm in der liebevollen Fürsorge durch Georg Müller einen liebenden Vater gegeben hatte. Im Gegenteil, er ging fort und achtete dies Geschenk nicht.

Als Müller das Gebet beendet hatte, gab Müller Curly einen herzlichen Kuss. »Wir wollen Curly jetzt Lebewohl sagen«, rief er.

Der ganze Speisesaal bebte, als alle schrien: »Hipp, hipp, hurra! Hipp, hipp, hurra!«

Curly verließ Ashley Downs an diesem Morgen mit sehr gemischten Gefühlen. Einerseits fühlte er sich frei, und ihn erwartete ein großes Abenteuer! Nach sechs Jahren auf der Straße fand er all die Schulaufgaben, den Küchendienst und das pünktliche Zubettgehen im Waisenhaus ziemlich beengend. Andererseits war Ashley Downs das einzige Zuhause, das er seit Jahren kennen gelernt hatte, noch dazu eins, das besser war als das, aus dem er stammte. Auch hatte er einige gute Freunde gefunden und – das musste er zugeben – da gab es Leute, die ihn lieb hatten.

Aber dann dachte er wieder an das Geldversteck, das auf ihn hinter dem losen Stein im Lagerhaus wartete – 1 500 Pfund, von denen höchstens fehlte, was Spuds auszugeben gewagt hatte, bevor die Polizei kam. Hatte er erst einmal das viele Geld, brauchte er nicht mehr zu beten und abzuwarten, ob Gott diese auch erhörte, wie er es bei Georg Müller tat.

Während er so dahinging kämpfte er alle Schuldgefühle nieder, die ihn plagten, weil er vorhatte, das Waisenhausgeld für sich zu behalten.

ENDLICH DER SCHATZ!

Curly kam spät am Abend vor Weihnachten in London an. Fast eine Woche hatte er gebraucht, um auf Bauernwagen oder kurze Strecken auch in der Postkutsche zu fahren. Um Geld zu sparen ging er bei gutem Wetter manche Strecke zu Fuß. Ein leichter Schneefall hatte eingesetzt und bedeckte all den Schmutz in der großen Stadt. Alles sah ein wenig festlich aus.

Curly ging an der Georgskirche vorüber – nur so, aus alter Gewohnheit. Einige Leute standen auf den Stufen und sangen Weihnachtslieder. Einer spielte Trompete, ein anderer Posaune und zwei weitere schlugen Tamburins.

Er blieb mit den anderen Passanten stehen und sang sogar mit, als die Chorsänger alle aufforderten, mitzusingen: »We wish you a Merry Christmas.« Dann beeilte er sich, zum Lagerhaus zu kommen.

Als er näherkam, schien ein Licht aus dem Haus, und er beobachtete, dass die große Vordertür geöffnet war, darin steckte ein Pferdewagen. Zwei Männer luden Säcke ab und schleppten sie ins Lagerhaus. – »Sicher ist Mehl darin«, dachte Curly. Um keinen

Verdacht zu erregen, ging Curly an der anderen Straßenseite vorüber, fast bis zur nächsten Straßenecke, bis er das Lagerhaus kaum noch richtig sehen konnte.

Dort wartete er, bis die Leute den Wagen wieder aus dem Haus brachten, indem die Pferde ihn im Rückwärtsgang auf die Straße drückten. Dann rollte der leere Wagen davon.

Kurz danach kam jemand aus dem Lagerhaus und schloss die Vordertür. Inzwischen war es so dunkel geworden, dass Curly nicht erkennen konnte, ob der Mensch sich eingeschlossen oder die Tür von außen verriegelt und dann fortgegangen war.

Zögernd näherte sich Curly und versuchte herauszufinden, ob ein Lichtschein aus irgendeinem der Fenster drang. Er konnte nichts entdecken; aber das wollte nichts besagen. Der Mann konnte das Licht in den hinteren Teil des Lagerhauses getragen haben, von dem man von der Straße aus nichts sehen konnte.

Vorsichtig schlich der Junge näher heran. Schließlich überquerte er die Straße und untersuchte alle erreichbaren Fenster und sogar die Türspalten nach irgendeinem Lichtschein. Jederzeit war er auf dem Sprung, so zu tun, als sei er nur zufällig vorbeigekommen, oder aber schleunigst wegzurennen, sollte jemand die Tür öffnen.

»Wie dumm von mir!«, dachte Curly. Ich brauche doch nur auf die Spuren im Schnee zu achten. Dann kann ich sehen, ob der Mann ins Haus hinein- oder weggegangen ist. Und tatsächlich, im Schnee, der im fahlen Dämmerlicht bläulich schimmerte, sah er eine Fußspur, die in die gleiche Richtung führte, die der Wagen eingeschlagen hatte.

Curlys Herz schlug heftig. Er war dem Schatz sehr nahe. In beide Richtungen spähend vergewisserte er sich, unbeobachtet zu sein. Dann duckte er sich, als er die schmale Gasse zwischen dem Lagerhaus und dem nächsten Gebäude entlanglief. Diesen Weg war er wohl tausendmal gegangen, als er hier bei Spuds wohnte, und er kannte jeden Schritt: die Stelle, wo das Regenwasser eine Delle ausgewaschen hatte, die eiserne Falltür zum ungenutzten Kohlenkeller des Lagerhauses und den alten Holzstapel, der den Durchgang halb versperrte, und natürlich die Stufen am hinteren Ende.

Curly spähte um die Ecke. Alles schien unverändert – das vertraute Regenfass, der Müllhaufen – und nirgends war ein Mensch zu sehen; denn der Hintereingang des Gebäudes wurde selten benutzt, außer von Spuds oder ihm selbst. Und die anderen Häuser in der Nachbarschaft, deren Türen sich zu der Gasse hin öffneten, hatten keine Wachtleute, die Obacht gaben.

Curly ging weiter und stellte erleichtert fest, dass keine weiteren Spuren im Schnee zu sehen waren. Demnach hatte kein neuer Wachtmann Spuds' Stelle

übernommen ... wenigstens keiner, der die Hintertür benutzte.

Plötzlich gab es ein lautes Spektakel direkt neben ihm. Dann ertönte ein lautes Fauchen und einige Dosen kullerten von dem Müllhaufen. Curly sprang zurück und wollte gerade fortlaufen, als er begriff, dass es nur ein Katze war, die vor ihm ausriss.

Er stand mit weichen Knien da, beinahe hätte er sich vor Schreck hingesetzt.

Vielleicht sollte ich lieber morgen bei Tageslicht zurückkommen, dachte er. Es ist Weihnachten, und niemand wird hierher entlanggehen.

Aber dann bestand die Frage, wo er die Nacht zubringen sollte. Sein Geld war fast alle, und nach der langen Reise war er hundemüde. Außerdem verspürte er gar keine Lust, in irgendeiner Mülltonne zu schlafen, zumal es immer kälter wurde.

Als er auf die Hintertür zuging, meinte er zunächst, er könnte ja im Lagerhaus übernachten. Doch das erschien ihm zu gefährlich. Falls sie ihn dort schlafend fanden, konnte man ihn vielleicht beschimpfen und fortjagen; wenn sie ihn aber mitsamt dem Geld überraschten, würde er ohne Frage ins Gefängnis kommen, weil die Polizei sofort wüsste, woher das Geld stammte.

Er musste das Geld holen, und sich dann in der Nähe des Lagerhauses nie mehr blicken lassen.

So rappelte er an der Tür; aber sie war zugeschlossen. Das war nicht anders zu erwarten; im Gegenteil, er rechnete sogar damit. Ein paar Schritte weiter nahm er eine Steinplatte hoch, unter die Spuds immer den Schlüssel legte, wenn er fortging. Eine Welle der Beruhigung durchflutete ihn, als sein Finger ihn in der kalten Erde berührten. Er war rostig und voller Dreck; aber er war da!

Wie er ihn aber ins Schlüsselloch stecken wollte, ging das nicht, viel weniger noch ließ sich das Schloss öffnen. Voller Schreck versuchte Curly es wieder und wieder; aber alles umsonst. Endlich begann er, vernünftig zu denken und sich alles genauer anzusehen. Jemand hatte das Schloss ausgewechselt – kein Wunder, dass der Schlüssel nicht passte.

Nun musste er scharf nachdenken. Wie konnte er ins Lagerhaus kommen? Er untersuchte das Schloss in der hereinbrechenden Dunkelheit. Vielleicht konnte er es irgendwie aufbrechen; aber das schien wenig Aussicht auf Erfolg zu haben. Dann dachte er darüber nach, die Vordertür aufzustemmen, oder durch eins der Fenster einzusteigen; doch das war zu riskant. Jemand könnte vorbeikommen und ihn entdecken.

Es musste noch eine andere Möglichkeit geben! Curly ging in Gedanken rund um das Gebäude – wo konnte er nur einsteigen? »Vielleicht könnte ich aufs Dach zu klettern; aber was würde das helfen? Von dort gibt es keinen Weg nach innen«, überlegte er. Und dann fiel ihm die eiserne Falltür zu dem flachen Kohlenkeller ein. Curly wusste nicht, wozu das Lagerhaus einen Kohlenkeller hatte; eine Heizung gab es nicht, und Spuds kleiner Ofen brauchte nur wenige Kohlen. Vielleicht war früher einmal etwas anderes in dem alten Lagerhaus gewesen, für das man eine Heizung brauchte ... Na, immerhin, der Keller und die Falltür waren da.

Er rannte wieder zu der engen Gasse zurück, bis er vor der Falltür stand, die in die Außenmauer eingebaut war. Sie hatte kein Schloss, sondern wurde nur von einem Draht zugehalten. Curly wickelte den Draht auf und entfernte ihn. Dann zog er an der Tür; aber sie war seit vielen Jahren nicht benutzt worden, und die Scharniere waren festgerostet.

So viel er sich auch mühte, die Tür bewegte sich nicht. Schließlich gab er es auf und sah sich nach einem Hebelwerkzeug um. Schon bald hatte er einen Knüppel gefunden. Mit ihm versuchte er es noch einmal, und mit Krachen und Ächzen ging die Tür langsam auf.

Drinnen herrschte pechschwarze Finsternis. Curly konnte überhaupt nichts sehen. Er fühlte mit dem

Stock auf dem Boden herum, dann kletterte er hinein, wobei er sich auf den Stock stützte. Nur wenn er zurückblickte sah er das letzte Tageslicht über der Türöffnung, sonst war alles rabenschwarze Dunkelheit.

Er machte einen Schritt vorwärts und stieß an eine Wand. Nachdem er sie befühlt und gemerkt hatte, dass sie nur etwa einen Meter hoch war, wusste er, wo er war, und wie er in das Lagerhaus kommen konnte. Oben angekommen, stand er sogleich vor einer Wand aus Fässern, die höher war, als er reichen konnte, und die sich nach beiden Seiten hin erstreckte. Zwischen ihnen und der Außenwand des Lagerhauses gab es nur einen schmalen Durchlass.

Der Junge kroch in eine Richtung weiter; denn irgendwann mussten die Fässer aufhören. Tatsächlich! Aber nun wurde sein Weg durch Holzkisten versperrt, die direkt an der Außenwand gestapelt waren, so dass er nicht weiterkam.

Er ging wieder zurück und versuchte sein Glück auf der anderen Seite. Da wurde aber der Durchgang immer enger, bis er sich nicht mehr hindurchquetschen konnte. Ein furchtbarer Gedanke durchfuhr ihn: Wenn ich hier nun überhaupt nicht wieder rausfinde?

Wieder ging es in die andere Richtung, bis er an die Holzkisten kam. Dort fand er für seine Hände ein wenig Halt, so dass er mit viel Mühe hochklettern konnte. Höher und höher ging's, bis er an die Decke des Lagerhauses stieß, doch war zwischen der obersten Kiste und der Decke genügend Raum, um hindurchzuschlüpfen. Das Hinabklettern ging einfacher, weil die Kisten dort wie eine Treppe gestapelt waren, und schon bald war er im freien Raum des Lagerhauses.

Vorsichtig, wie ein Blinder, tastete er sich voran, indem er die Hände vor sich ausstreckte und mit den Füßen über den Boden schlurfte, um nirgends gegenzustoßen oder über etwas zu fallen.

Auf diese Weise bewegte er sich in die Richtung, wo damals Spuds gehaust hatte. Allerdings war er immer in Sorge, den Weg zurück nicht finden zu können. Würde er wieder an den richtigen Kistenstapel kommen, über den er klettern konnte?

Plötzlich traf ihn ein heftiger Schlag mitten ins Gesicht. Er wankte zurück, während in seinen Augen Funken sprühten. Als er die Arme vor sich hin und her bewegte, merkte er, dass er an einen Pfosten gestoßen war, der die Decke abstützen sollte. Irgendwie hatte er beide Arme so weit voneinander vor sich hingehalten, dass er gegen den Pfosten gelaufen war, ohne ihn mit den Händen berührt zu haben.

Doch kaum hatte er sich von dem Schreck erholt, als er begriff, wo er sich befand. Dies war der Pfosten, der an der Ecke von Spuds »Wohnung« stand! Nur wenige Schritte weiter müsste der alte Ofen sein, und dahinter, an der Wand, stand dann Spuds Bett.

Curly ging etwas nach rechts und fuchtelte dabei mit den Armen umher, bis er an das Ofenrohr stieß. Es schepperte; aber Curly war sehr froh. Es war sogar noch warm, also musste jemand hier gewesen sein. So schnell er konnte, bewegte er sich durch die Finsternis auf das Bett zu.

Noch ein Schritt … und noch ein Schritt, dann bin ich da, dachte er. Aber auch nach einem weiteren Schritt, fand er das Bett nicht, und plötzlich stieß er an die Wand. Das Bett war weg. Und wieder packte ihn die Angst: Wenn sie das Bett wegbrachten, werden sie auch aufgeräumt und den losen Stein in der Wand entdeckt haben. Dann ist auch das Geld futsch!

In größter Sorge begann Curly, die Steine abzutasten, von links nach rechts, von unten nach oben und immer wieder; aber außer einigen alten Mörtelresten konnte er nichts bewegen. Curly merkte: Es roch noch immer so, wie damals; aber finden tat er nichts. Endlich – und Curly seufzte erleichtert auf – hatte er ihn doch gefunden. Er war auch an der vermuteten Stelle, und ringsumher konnten seine Fingerspitzen keinen Mörtel fühlen. Er zog an dem Stein, wie er es bei Spuds gesehen hatte; aber er bewegte sich nicht. Er zog und riss immer heftiger, bis seine Fingernägel abbrachen, doch ohne Erfolg.

Sollte er zurückgehen und den Knüppel holen, den er als Hebel für die Tür benutzt hatte? Vielleicht konnte er damit den Stein herauslösen. Dann quälten ihn wieder andere Gedanken: Vielleicht ist es der falsche Stein. Am Ende haben sie das Geld gefunden und den Stein mit Mörtel wieder eingesetzt, nur dass ich nichts davon gefühlt habe.

Schließlich gab er auf. Den Knüppel zu holen und zurückzukommen, schien ihm unmöglich. Was sollte er bloß machen? Jetzt wollte er nur noch nach draußen, einerlei, was aus dem Geld wurde. Panische Angst erfasste ihn: Er musste verschwinden, bevor man ihn schnappte. Wie lange war ich hier? Ist es vielleicht schon Weihnachtsmorgen?

Er begann sich zurückzuziehen, wobei er hoffte, den richtigen Kistenstapel zum Drüberklettern zu finden. Da krachte er mit dem Schienbein gegen einen niedrigen Tisch, der mit lautem Getöse umkippte. Auch Curly setzte sich auf den Boden. Vor Schreck wäre er am liebsten gleich aufgesprungen und weggelaufen. Doch als er wieder klar denken konnte, wusste er, wie unsinnig das wäre.

»Bleib sitzen und beruhige dich!«, sagte er leise zu sich selbst. »Niemand ist hier, und niemand weiß, dass du hier bist.« Er zwang sich, sitzen zu bleiben und langsam bis zehn zu zählen. Dabei stießen seine Hände an etwas Rundes, Weiches, das leichter als ein Eisenrohr war. »Das ist ja eine Kerze!«, sagte er und wurde froh. Er tappte weiter auf dem Boden herum

und fand einen Becher, einen Löffel und noch andere Dinge, die sicher vorher auf dem Tisch gelegen hatten, und dann hatte er eine kleine Schachtel zwischen den Fingern. Er schüttelte sie und horchte: Streichhölzer! Eins davon strich er schnell über den Fußboden. Die aufflackernde Flamme blendete ihn schrecklich. (Hier muss erklärt werden, dass man die früheren Streichhölzer tatsächlich so entzünden konnte. Sie waren also sehr gefährlich und furchtbar giftig dazu.) Er brauchte einen Augenblick, bis sich seine Augen an das Licht gewöhnt hatten, dann entzündete er die Kerze.

Offenbar hielt sich hier oft jemand auf. Der Mensch hatte Spuds Bett weggeschafft, aber es gab dort eine Kiste mit Esswaren und einen Haufen alte Klamotten. Das alles interessierte Curly natürlich nicht sonderlich. Er wandte sich der Wand zu, und sah, dass er sich an dem richtigen Stein zu schaffen gemacht hatte … zumindest an dem, hinter dem Spuds seine Schätze versteckt gehalten hatte.

Aber wenn es der richtige Stein war, warum rührte er sich nicht von der Stelle? Bei genauerem Hinsehen entdeckte er einen Holzspan, der rechts oben eingeklemmt war und den Stein festhielt. Sein Herz begann wie wild zu klopfen. Curly ging zu dem umgekippten Tisch zurück und suchte den Löffel. Mit dessen Griff fasste er hinter den Holzspan und beförderte ihn nach draußen.

Er legte die Kerze beiseite, dabei war es ihm einerlei, dass die Flamme immer größer wurde, weil das Wachs an der Oberseite schmolz. Mit beiden Händen zog er an dem Stein, und diesmal bewegte er sich. Er war schwerer, als er sich vorgestellt hatte, und er musste kräftig zupacken, als er vollends aus der Öffnung glitt. Er legte ihn ab, ergriff die Kerze und schaute in die Öffnung.

Da war der Lederbeutel, der genauso aussah, wie der, den Spuds in der Geldtasche gefunden hatte. Curly zog ihn langsam, fast ehrfurchtsvoll heraus. Ob das Geld noch drin war? Er zitterte vor Erregung, als er in den Beutel griff.

Seine Finger umfassten erst einen, dann einen anderen und noch einen Stapel Geldscheine. Das Geld war noch da!

WEIHNACHTEN FÜR IRGENDJEMANDES SCHWESTER

Curly zog ein Geldschein-Bündel hervor. Dann legte er es zurück und nahm einige Geldstücke in die Hand; einige waren sogar aus Gold! »Ich bin reich!«, dachte er. Bei dem Gedanken daran, brach ihm richtig der Schweiß aus.

Er hatte es sehr eilig, das Geld zu verstauen und dann aus dem Lagerhaus zu fliehen, so schnell er konnte. Doch hielt er es für wichtig, erst alles wieder so hinzustellen, wie er es vorgefunden hatte. »Niemand sonst wusste, wo das Geld war; aber es wäre doof, wenn ich zeigte, dass ich hier war. Mit dem Loch in der Wand könnte die Polizei leicht erraten, was ich hier gesucht habe.«

Er setzte die Kerze ab. Dann begriff er, dass er mit einer Hand den schweren Stein nicht aufheben konnte. Schweren Herzens ließ er den Geldbeutel los und setzte den Stein ein. Dann richtete er den Tisch auf und stellte alles wieder hin, wie er meinte, dass es gestanden hatte. Dann nahm er den Geldbeutel auf und ging.

Das Innere des Lagerhauses erschien ihm riesig, drohend und finster. Sein kleines Licht reichte nicht weit, und wenn er es ausblies, würde es absolut dunkel sein. »Dann lauf ich wieder überall gegen irgendetwas und könnte mein Geld verlieren«, fürchtete er. Doch plötzlich hatte er eine Idee: »Vielleicht kann ich die Tür von innen öffnen!«

Tatsächlich, der Schlüssel steckte im Schloss. Curly probierte, und es öffnete sich kinderleicht. Er stellte die Tür weit offen. Dann brachte er die Kerze zu dem Tisch zurück. Als er sie ausgeblasen hatte, war der Raum so dunkel, wie er ihn kennengelernt hatte, doch zeigte ihm das schwache Licht in der geöffneten Tür den Weg.

Als er die Tür hinter sich zugedrückt hatte, schloss er ab. Dann warf er den Schlüssel in die kleine Gasse, so, als ob ihn dort jemand verloren hatte. Jetzt musste er noch die Falltür zum Kohlenkeller schließen. Geschafft! Er war aus dem Haus und hatte das Geld in der Hand!

Eine Stunde später saß er in der Cracker Box mit einer großen Schüssel Hühnersuppe vor sich auf dem Tisch. Er hatte eine kleine Summe aus dem Beutel genommen und in die Tasche gesteckt, damit niemand beim Bezahlen den Beutel zu sehen bekam. Den hatte er mit Bindfäden unter seiner Jacke festgebunden.

Das warme Essen schmeckte ihm. Er hatte sich auch schon in der Wandererherberge ein Zimmer gemietet. Wie oft war er an der Herberge früher vorbeigegangen und hatte sich ein warmes Plätzchen gewünscht, und sei es nur für eine einzige Nacht. Nun könnte er da eine Woche, einen ganzen Monat, ja, für immer wohnen! Das Leben erschien ihm angenehm. »Und morgen ist Weihnachten!«, erinnerte er sich selbst.

Er versuchte daran zu denken, wie er als kleines Kind mit seiner Mutter und seinen Geschwistern Weihnachten gefeiert hatte. Schlimme Erinnerungen stiegen in ihm auf; aber auch freundliche: Da wurden am Kaminfeuer Weihnachtslieder gesungen, Mutter erzählte die Weihnachtsgeschichte, machte Bratäpfel und kochte Plumpudding. Einmal, so konnte er sich entsinnen, hatten sie sogar eine Weihnachtsgans.

Trotz seines Reichtums fühlte er sich traurig, weil er niemand hatte, mit dem er Weihnachten verbringen konnte. Er begann sich vorzustellen, wie die Kinder in Ashley Downs Weihnachten feierten. Sie hatten schon dafür geübt, als er wegging.

Seine Träume wurden unterbrochen, weil ein strohblondes Kind hereinkam, das Weihnachtslieder zu singen begann – es war eine Reihe von Jahren jünger als Curly. Das Kind war schmutzig und bestand nur aus Haut und Knochen. Es sang mit einer dünnen, schrillen Stimme. Wenn ein Lied zu Ende war, ging es mit seiner grauen Kappe herum, um milde Gaben einzusammeln.

Obwohl Curly eine Tasche voller Münzen hatte, wollte er doch nichts geben. Als das Kind aber an seinen Tisch kam, war er erstaunt. Es war ein Mädchen. Er blickte ihr genau in ihr fleckiges Gesicht und merkte, dass es nicht nur schmutzig war. Das Mädchen hatte schwarze Augen und rote, raue Flecken im Gesicht. Curly kannte das: Es waren Frostflecken. »Das Kind musste die letzte Nacht draußen verbracht haben«, dachte Curly.

Er holte ein Sixpence-Stück aus der Tasche und warf es dem Mädchen in seine Kappe. Ein frohes Lächeln breitete sich in ihrem mageren Gesicht aus, und das erinnerte ihn sofort wieder an seine Schwester. Er kniff die Augen zu, um sie nicht mehr zu sehen.

»Warum erinnert mich jedes hellblonde Mädchen an meine kleine Schwester?« Als er die Augen wieder öffnete, war das Mädchen an die Theke zurückgegangen und begann, ein anderes Weihnachtslied zu singen.

Curly löffelte den Rest seiner Suppe hinunter und versuchte dabei, sich an seine Schwester zu erinnern. Sie hatte nicht wirklich so wie dies Mädchen ausgesehen; aber wie sie denn wirklich aussah, wusste er einfach nicht mehr. So sehr er sich auch besann, immer flossen seine Vorstellungen mit dem da vorne singenden Mädchen zusammen, oder mit dem des kleinen Mädchens, dessen Mutter mit grauem Schal in die Georgskirche ging, ... oder mit einem der blonden Mädchen in Ashley Downs.

Er hatte seine Schwester verloren, und nun war ihm auch ihr Bild abhanden gekommen.

Als die kleine Sängerin wieder mit der Kappe in der Hand herumging, tat niemand mehr etwas hinein, doch Curly wusste, wie ihr Leben aussah – er hatte es am eigenen Leibe erfahren! Er wusste, dass es verboten sein müsste, jemand auf der Straße schlafen und um Essen betteln zu lassen. Und nebenbei, irgendjemandes Schwester war sie doch.

Er griff wieder in die Tasche, um ihr so viel zu geben, dass sie sich für eine Reihe von Tagen etwas zu essen, oder gar einen Schlafplatz besorgen konnte. Doch dann begriff er, dass ihr damit nicht wirklich geholfen war. Es würde nicht lange dauern, und ihr ginge es so elend wie eh und je. Die überlebt den Winter wohl nicht, dachte er.

»Komm mit mir«, sagte er und brachte sie nach draußen, wo die Lampe über der Tür der Cracker Box ihr ins Gesicht schien. »Ich habe Geld«, sagte er eifrig. »Das reicht für uns beide. Du kannst bei mir wohnen.«

Erschrocken blickte sie Curly an. Sicher hatten ihr schon andere solch ein Angebot gemacht und sie dann misshandelt. Curly merkte, dass sie weglaufen wollte. »Nein, warte!«, sagte er und dachte fieberhaft nach. Man müsste etwas Besseres finden, etwas, das wirklich dauerhaft hilft und ihr ein Zuhause bietet, wo man für sie sorgte. Sie brauchte mehr, als er ihr bieten konnte, selbst mit seinem vielen Geld. »Was du brauchst, ist Ashley Downs«, brach es aus ihm heraus.

»Was ist das?«, fragte das Mädchen und blickte ihn misstrauisch an.

»Ich sagte, du müsstest in ein Waisenhaus wie Ashley Downs kommen.«

Das Mädchen sagte verächtlich: »Waisenhäuser sind für reiche Kinder, nicht für solche wie mich. Ich glaub', du verstehst gar nichts«, und wollte weggehen.

»Nicht Ashley Downs.« Curly streckte die Hand aus und legte sie ihr sanft auf die Schulter. »Mr. Georg Müller hat es gerade für Kinder wie dich … und mich gebaut. Ich … ich werde morgen dorthin gehen«, stammelte er und wunderte sich über seine eigenen Worte. »Ich kann dich mitnehmen, wenn du willst. Das könnte dein Weihnachtsgeschenk sein.«

»Mir hat noch nie einer was zu Weihnachten geschenkt, seit meine Mama gestorben ist«, sagte das magere Kind und ein winziges Lächeln löste ihre harten Züge ein wenig auf. »Aber warum sollten die uns aufnehmen?«

»Ich habe da schon eine Zeit lang gewohnt.« Wieder gingen ihm die Gedanken wild im Kopf herum. Nach einer Weile fügte er hinzu: »Und ich habe eine Menge Geld, das ich Mr. Müller bringen will. Er ist ein sehr freundlicher Mann ... wie ein Vater, und außerdem hat er mich eingeladen, zurückzukommen.«

Das Mädchen betrachtete Curlys Gesicht einen Augenblick; sie wusste nicht, ob sie ihm vertrauen konnte oder nicht. Schließlich sagte sie: »Okay. Ich komm mit, wenn das da so schön ist, wie du sagst.«

»O ja, du wirst es da viel besser haben als auf den Straßen von London, das kann ich dir versichern. Nun komm wieder mit in die Cracker Box, ich werde dir etwas zu essen besorgen.«

Während das hungrige Mädchen die Hühnersuppe hinunterschlang, überlegte Curly, was er da versprochen hatte. »Ich brauchte das Geld nicht hinzubringen«, dachte er bei sich. Immerhin war dies seine große Chance, reich zu sein. »Ich könnte das Mädchen abliefern und von dem Geld gar nichts sagen.« Aber je länger er das schmutzige blonde Mädchen betrachtete, wie es gierig die heiße Suppe in den Mund schaufelte, um so mehr begriff er, dass dies Geld nicht ihm gehörte. Er gehörte dem Waisenhaus, um damit Kindern wie diesem Mädchen – oder auch wie ihm – zu helfen.

»Eigentlich kann man da ganz gut sein«, gestand er sich selbst ein. »Vielleicht ... vielleicht bleib ich auch da.«

MEHR ÜBER GEORG MÜLLER

Georg Müller wurde am 27. September 1805 in Kroppenstedt, im heutigen Sachsen-Anhalt geboren. Sein Vater setzte große Hoffnungen auf ihn und ließ sich seine Ausbildung viel kosten. Zehn Jahre besuchte er die Schulen in Wolfenbüttel, und sein Vater hätte gern gesehen, wenn Georg ein lutherischer Pastor geworden wäre. Aber der junge Müller war ein gewissenloser Spieler, der oft in Schwierigkeiten geriet, weil er gerne trank und um Geld spielte. Bald hatte er riesige Schulden. Das alles brachte ihn sogar ins Gefängnis.

Als er allerdings zwanzig war und in Halle studierte, überredete ihn ein Freund, eine Bibelstunde in einem Privathaus zu besuchen. Dort übergab Müller sein Leben Jesus Christus, und bald danach entschied er sich, Missionar zu werden. Sein Vater wurde darüber sehr zornig, weil der alte Mann gehofft hatte, sein Sohn werde ihn als Geistlicher auf seine alten Tage versorgen können. Darum gab ihm sein Vater keine Erlaubnis, Missionar zu werden.

Ohne die förmliche Erlaubnis seines Vaters wollten ihn die deutschen Missionsgesellschaften nicht einstellen, so ging Georg 1829 nach London, um sich zum Judenmissionar ausbilden zu lassen.

Seine schwache Gesundheit zwang ihn zu einem Aufenthalt auf dem Lande. Dort traf er die »Plymouth Brethren« und wurde Prediger in der Ebenezer-Kapelle in Teignmouth. Müller war ein erfolgreicher Prediger, und so wuchs die kleine Gemeinde von achtzehn Leuten in drei Jahren auf 227 Mitglieder an.

Während dieser Zeit kam er zu der Überzeugung, dass er für das nötige Geld Gott bitten sollte, und sonst niemand. Er hörte auf, von den Leuten ein festes Gehalt zu fordern oder wie es üblich war, eine »Gemeindesteuer« zu erheben. Stattdessen verließ er sich ausschließlich auf freiwillige Gaben anderer Christen. Das war ein mutiges Experiment; aber Gott segnete es.

Im Jahr 1835 eröffnete Müller in der Stadt Bristol ein Waisenhaus für bedürftige Kinder. Damals wurden nur die Kinder reicher und angesehener Leute in den wenigen vorhandenen Waisenhäusern angenommen. Falls die Verwandten von armen verstorbenen Eltern deren Kinder nicht aufnahmen, mussten sie auf der Straße leben oder wurden in grausame Arbeitshäuser gesteckt.

Dies war die Zeit, in der Charles Dickens Roman »Oliver Twist« spielt. Tatsächlich war Charles Dickens einige Jahre später in Georg Müllers Waisenhäusern, um zu sehen, ob es die Kinder dort gut hatten. Er fuhr sehr beruhigt wieder ab.

Müller verfolgte mit der Einrichtung der Waisenhäuser zwei Ziele: Er wollte den Not leidenden Kindern helfen, und er wollte der Welt beweisen, dass Gott alle Bedürfnisse befriedigt, wenn man ihm nur vertraut und ihn um das Nötige bittet.

Als sein Haus in Bristol zu voll wurde, und es auch keinen Platz für Erweiterungen gab, kaufte er ein Gelände draußen vor der Stadt, das als Ashley Downs bekannt wurde und baute dort größere Häuser. Der Umzug nach Ashley Downs im Jahr 1849 und der folgende Ausbau von vier noch größeren Häusern in der Folgezeit wurde durch eine Reihe spektakulärer Wunder der Vorsehung Gottes begleitet. Als alle Häuser fertig waren, konnten dort zweitausend Kinder gleichzeitig wohnen.

Fast täglich erlebte man in den Waisenhäusern dramatische Beweise der Fürsorge Gottes nicht allein in Bezug auf die Ernährung, sondern auch beim Bau der Häuser. Wieder und wieder traf die benötigte Summe auf die Minute genau ein, wann sie gebraucht wurde und die Kinder schon bei Tisch saßen. Die in diesem Buch beschriebenen Wunder sind nur Beispiele von Hunderten dieser Art.

Müllers Beweis für die Fürsorge Gottes blieb nicht auf die Waisenhäuser beschränkt. Er gründete auch eine Gesellschaft zur Ausbreitung christlicher Literatur und Bibelkenntnis, von der aus Missionare ausgebildet und unterstützt wurden. Auch wurde von dort aus die Erwachsenenbildung überall in der Welt vorangetrieben. Und Müllers Grundsatz, Gott allein zu vertrauen hatte auch großen Einfluss auf andere missionarische Bemühungen. So begann Müller als Siebzigjähriger mit seiner zweiten Frau missionarische Weltreisen, die siebzehn Jahre andauerten. Sein Zeugnis von dem Gebete erhörenden Gott der Bibel hatte die Gründung vieler Waisenhäuser in einer Reihe von Ländern zur Folge, die nach den gleichen Grundsätzen betrieben wurden.

Während seines Lebens besorgte, erzog und unterrichtete Müller mehr als zehntausend Mädchen und Jungen. Er verwaltete fast eineinhalb Millionen Pfund, die für das Waisenhauswerk zusammenkamen. Das sind nach heutigem Geld mehr als 250 Millionen Euro. Aber er ging mit seinem eigenen Geld großzügig um. Fast neun Zehntel dessen, was man ihm persönlich gegeben hatte, gab er weiter. Als er starb, belief sich sein Besitz inklusive Möbel, ungefähr auf 160 Pfund.

clv

Arthur T. Pierson

GEORG MÜLLER – NIEMALS ENTTÄUSCHT

Hardcover, 288 Seiten
ISBN 978-3-86699-676-2

Obwohl Georg Müller (1805–1898) für seine Waisenhausarbeit weltbekannt geworden ist, beschränkte sich sein Wirken nicht darauf. Dass er Missionare in aller Welt unterstützte, die Verbreitung von Bibeln sowie die Arbeit von Schulen ermöglichte und 17 Jahre lang im vorgerückten Alter als »Weltreisender Gottes« unterwegs war, gehört zu den Bereichen seines Dienstes, die ebenfalls von großer Bedeutung sind.

Der Autor, ein langjähriger Freund, begleitet ihn auf seinem langen Lebensweg, der zeigt, wozu die Gnade Gottes imstande ist: Aus einem gottlosen Betrüger und Dieb wurde ein Glaubensmann, der Segensspuren in aller Welt hinterlassen hat.